胡燕青　著

鮑國鴻、林惠娟　編

杯子與茶包

胡燕青散文選

匯智出版

目錄

能飲一杯無？
——前言

鮑國鴻、林惠娟

一

第一次聽到「胡燕青」的名字，是中一時候老師向全班推薦《一米四八》，鼓勵我們向理想進發。小說人物有勤勉者，也有調皮者，真實得像身邊的同學一樣，感覺很親近。那時，不論望着圖書館架上一列「胡燕青」的著作，還是拿起「胡燕青」的書籍來讀，都覺得作家和我的距離很遠。

直至上大學第一次與「胡燕青」見面，才知道作家和我的距離可以這麼近。「新詩創作」的第一課，胡老師就打趣跟我們說：「許多學生都以為教科書上的作者已經作古。大家看看我，我還很健康呢！」胡老師的課，從不欺場，備課充足，導修課親力親為，讓我們這一代「低頭族」——每每老師發言，學生都低頭裝着靜思——暢所欲言，交流看法。有時候，胡老師還領

我們到教職員餐廳衡軒午膳。茶湯在瓷杯多番蕩漾，彼此放下老師學生的身份，由社會潮流，說到時事新聞，最終回歸到文學。直到餐廳落場，我們才盡興而去。

　　為人師表後，胡老師和我的距離還是很近。每次教到胡老師的作品，總會跟學生說她在新詩創作第一課說的笑話，學生知道胡老師是老師的老師，自己是胡老師的學生的學生時，總是有點沾沾自喜。推薦課外書，自然也離不開胡老師的著作。胡老師為少年人創作的小說《一米四八》、《野地果》等，很受歡迎，不斷再版，高小至初中階段的同學，總會讀過其中一本。至於散文，胡老師的作品也很多，同學容易產生選擇困難，如果有一本特別適合這個學習階段的散文選集，供同學汲取寫作養分之餘，又獲得成長的啟迪，這就再好不過了。編罷《黎紫書小小說》，鮑老師提出這樣的構想，胡老師慨然應允，一次閱讀和編選的歷程就展開了。

——林惠娟

二

　　我雖然不能像林老師一樣成為胡老師正式的學生，但多次參加胡老師的創作教學培訓講座，大開眼界，獲益良多，心中也是尊胡老師為師。胡老師慨然委以重任，實在感到榮幸。

　　這次編選雖然以初中學生為主要閱讀對象，但其實很多高小學生已具備初中的閱讀能力，吸收優質散文作品的營養，寫作自然可以更上層樓，因此年級的界線不用看得那麼死板，以為不能踰越。家長和老師也適合讀嗎？當然適合，家長閱讀可以促進親子閱讀，老師閱讀後就更有把握以此作為閱讀和寫作教材。

　　面對寫作，同學每每苦於沒有靈感，不知寫作材料在生活中俯拾即是；又或是以為遣詞造句務必要運用四字成語，不知張開感官，具體刻畫所見所感，就是好詞佳句。本書的編選，正是從幫助同學克服寫作難題，積累寫作養分出發。全書四十二篇文章，精選自胡老師九本散文集。為了符合閱讀對象的需要，選取的篇幅一般較短，內容不論敍事描寫、抒情說理，都在一般同學能夠掌握的程度。文章按主題分為「相看兩不厭——詠物」、「潤物細無聲——師恩」、「行到水窮處

——成長」、「眾鳥欣有托——家庭」、「散學歸來早——生活」和「江清月近人——理趣」六輯，都取材自生活中的人、事、物和理，寫出所思所感，於平凡中見新意，也見深意。生動的文筆，先是來自以感官觀察和感受世間萬象，然後具象表達，寫出其中的細節。細心閱讀胡老師的文章，定可從中學得一招半式，而不再自困於運用成語或內容空泛的詞彙。各輯均由胡老師親自冠上古典詩句，務求形象化地凸顯主題，有心的同學自可按詩句搜尋詩篇，豐富文學修養。「詠物」主題其中三篇——〈晾衣竹〉、〈茶包〉和〈讀衣〉，一併收錄同題的新詩，或可為同學帶來新的學習視野。

本書編選的原意，不是為了展示胡老師散文的全部面貌，也不是為了展示胡老師散文的最高藝術成就，但讀畢全書，同學卻會接觸到一位真實的胡老師。胡老師的文章都是書寫真實的生活、真實的情意，她怎樣在貧困流離中奮發自強，怎樣在孤單無助中遇上援手，她沒有墮入怨天尤人的漩渦，反而學會自省，學會感恩，以正面的態度欣賞人、事和物，欣賞生活，讀後相信會為同學的成長帶來正能量和深刻的啟發。

——鮑國鴻

三

　　和鮑老師重讀胡老師所有散文，如同打開胡老師的珍寶箱，她的過往一幕一幕在面前重組，她與我就像沒有任何距離一樣，也讓我尋回在浸大時受教於老師的吉光片羽。其中一篇讓我記起那年暑假，與眾師姐跟着胡老師學習硬筆書法，歲月回首，歷史文化傳承的心意原來就在執筆練字裏。胡老師教我讀詩、寫詩，又教我寫字，今天我懷着既感恩又戰戰兢兢的心情編選這本書，期待傳承老師的文學作品，也好回謝師恩。

　　因着編書與胡老師會面三次，都相約在茶餐廳——這樣「貼地」的場所。我們攪拌着茶杯閒聊，和着餐廳此起彼落的人語交談和杯盤碰撞聲，一時又似回到昔日大學的衡軒。聊到中小學生寫作的難題，胡老師分享了她的筆耕心得，並以本書選篇為例，娓娓道出寫作應源自生活，強調細緻觀察和具象呈現的重要。胡老師精彩的談話化成附錄的〈茶杯裏的二三事——與胡燕青老師談中小學生寫作〉，收錄在本書末，相信同學讀後必有所獲。

　　最後，再次感謝胡老師的信任和包容，委以編選重任，羅國洪先生熱心推動文學，出版這本《杯子與

茶包——胡燕青散文選集》。胡老師的散文的確好比茶包，生活的情思都揉碎一起，收束在一網薄紗中，靜靜地倚伏在杯子裏，只待熱湯的洗練使得茶色暈染，茶香芳發，為充實的生活加添一分閒適、寫意。「能飲一杯無」[1]？就讓我們捧着馬克杯，在一縷輕煙中展開書卷，享受閱讀的美好。

——林惠娟

1　白居易〈問劉十九〉：「綠蟻新醅酒，紅泥小火爐。晚來天欲雪，能飲一杯無？」詩意是邀請友人冬日煮酒共飲。胡老師常以此詩作為教學的例子。

相 看 兩 不 厭

詠物

揮春

　　春節是中國人最坦率的節日，揮春是春節裏最坦率的顏色。殷紅、鮮橙、閃亮亮的金與銀，誠懇的希冀或欲望，全都大大方方地張貼在牆上，像一種高調的口號，一面呼應「恭喜發財」的公開祝福，一面宣告「我也要發」的無聲私禱。農曆年讓所有人一同放下了面子，連自命高雅的知識分子都能夠假習俗之名，不避嫌疑、不怕庸俗地盡情表達自己的想望。從這個角度看，揮春實在功德無量，它扮演了心理治療醫師的角色，使每個人的心靈都得以舒坦舒服。

　　然而，每一張的揮春背後，都有一堵色調淺淡的石牆；每個正面的信息，同時暗示了相反的困境。「出入平安」顯示平安不是必然的，「橫財就手」說明了橫財其實並不常有，「龍馬精神」點出了龍馬也有昏昏欲睡的時刻。大幅大幅的尋常歲月是牆壁，小片小片的人間歡樂是揮春；牆壁因揮春而充滿喜氣，揮春因牆壁而

顯得珍貴。我們必須面向平凡時日，才可以享受偶來的好事——這就是生命。我們該提醒自己的是：終日耽待於時運的垂青和平庸的欲望，生命的素質就無法提升了。一番好意的揮春，難免成為我們蹉跎歲月的標記。春天，到底象徵更新還是重複？從揮春的內容就看得出來。但願這些工整的書法所描述的不是一己的私欲，而是幫助我們尋求真理的動力。

年花

　　春節的太陽從大窗徐徐斟入，塵埃在液態的光浪中洄游，閃動如金鱗。這光落在大廳的飯桌上，落在飯桌中央那盆剛開的水仙花上，米白色的小花和翠綠色的長葉，在柔和的氣流中細細抖動。窗外傳來三數晨運客的高聲招呼和零碎婉轉的鳥叫，微小的聲音織造了巨大的寧靜。這時候，總會有一陣絲質的花香掠過臉頰，引得人深深吸氣。

　　對窗綴着絨球的黃線帘子在風中搖擺不定，掩映間是一株開得燦爛的紅桃，一半躲在帘後，一半迎光伸出。在向上飆升的彎枝上桃花簇擁成堆，一片一片用繩子繫在枝頭的利是隨風翻滾，紅封包金漆流蕩。但室內依然漆黑一片，看來戶主好夢正濃，尚未蘇醒。

　　平台上忽然多了好些應節的盆花。聖誕的一品紅換走了，這幾天放着的都是些碗口兒大的紅芍藥和蟹爪菊。芍藥似牡丹卻不是牡丹，芍藥的紅太紫，花瓣也

太窄，那花的隊形更過於規則，比之於牡丹的奔放和霸艷，還有一段距離。蟹爪菊的鮮黃，顯得無匹耀眼——那長短不一的曲瓣，每一片都是驚喜，叫人想起田家村女的布衣，和鳥倦知還的陶潛。但仔細一看，這花生長的糙盆，竟都封上了大大的俗麗的紅紙。

出門時和大廈門前的四季桔打了個照面。啊，怎麼竟已零落如此？原來許多果實，已經被人偷偷摘去了。

襪子

　　清晨起來梳洗更衣，總得穿上爽潔的襪子，準備上班。洗淨了的襪子散發着若有若無的皂香，軟綿綿地貼在臉上，像一個親愛的小嬰孩。已經不很潔白的纖維，輕輕纏結在一起。襪子舊了，縮小了。把腳伸進去，若有若無的張力從四方八面湧來包裹着腳掌，像情人的擁抱那樣叫人愉快。襪子比床褥清涼，比地板和暖，溫度的微差叫人感到新鮮、精神，正是期待中那種溫柔的提點。

　　棉線的觸摸帶來的感覺很快就給忘記了。襪子和我最親密的一刻不久就過去。還未回到辦公室，我就把它完全置諸度外了。偶然動動腳趾，才記起它原來還裹在腳上。由中午開始，代之而起的是另一種感覺。那是走路時鞋履的困囿。我感到路面不斷地上推，鞋頭在偷偷收縮。坐久了，腳往外膨脹，走多了，腿朝上麻木。襪子的愛撫如今成了大熱天時裏的

厚棉襖，不受歡迎。我只盼望白天快點兒過去，我要脫鞋、脫襪、脫去衣服，脫掉一切。

回到家裏，第一時間拿掉鞋襪。脫襪子的時候，像煎掉一層死皮，一點不痛，反叫人暢快莫名。我用兩個指頭拈住汗臭的棉襪，從大門一直奔向洗衣機。

一天懶惰，沒穿襪子就把腳伸進鞋裏。過不久就曉得沒有襪子的每一刻都可以帶來極大的痛苦。黃昏，我發現腳上長出了好多小水泡，難受極了。沒有襪子，恐怕我連走路都不會了。

繩子

　　繩子，從來不是重要的東西，它綁着的才是。從這「綁」字開始，我們追蹤繩子的脾性，它引起的聯想是捆紮、綁架、押解甚至勒死……聽起來真夠驚心動魄。繩子真的這樣可怕嗎？其實，哪一個家庭不滿佈各種各樣的繩子和它們的遠親近鄰？

　　用寬大的胸懷好好觀察，你會發現形形色色的繩子正用其柔和的助力，維繫着生活的框架，承托着思考的樓房。美好的繩帶，如藏根之於高樹，如朔望之於潮汛，牽引但不拉扯，連結卻不約束。我們日夕穿插於各種友善的繩風繩雨中，自如而不自覺，自在而不自知：且看水仙花上的細紅綢，小女孩髮上的花蝴蝶！鞋子背上棉繩游走，襯衫襟前領帶飄揚；校服中間束起細腰，背囊兩側分散壓力……它們全都不是自由的反調，而是它的詮釋；也不是空間的折屈，而是它的度量。

　　少年人逐步擺脫父母，大學生漸漸揚棄傳統，我是三個少年的母親，也是上百學生的老師，無法不感受到彼此之間的關係變得愈來愈薄、愈來愈細，頗像一條過長的棉線，本身已經是一種沉重，再背道而馳的話，很容易就折斷。但這種重力也告訴我，我和自己的下一代其實還沒有走散。藕斷而絲連，連絲意味斷藕之同體；拖泥又帶水，泥水記錄拖帶的痕跡，千絲萬縷，至死交纏。這就是情的大網，無形、卻堅韌，疏落、但完全。

杯子

　　廚櫃裏放着許多杯子。有耳的、無耳的，便宜的、昂貴的，粗厚笨重的、柔薄透光的，炫耀着校徽、年份或給茶漬酒印重重捆綁着的⋯⋯房頂的燈光繞過廚櫃的木壁，穿越劣質的玻璃，慈和地灑落在每一個圓柱形的杯子上。

　　每次喝水，隨手抓起一個杯子就用，圖案、大小全不計較，喝完擰開水龍頭，胡亂沖沖就擱在筲箕上晾。講究的話，喝果汁要用高瘦的淨身玻璃杯，加幾塊冰，喝一口、看一看，看果汁的顏色有多鮮亮，聽冰塊在玻璃的圍牆內如何碰碰撞撞，再用手指抹抹玻璃上一點一點的小水珠，像下雨時伸手觸摸一片拱形的窗。喝茶更講究一點。要挑一個薄的好傳熱，杯身要有幼條耳朵，且稍微向外攤開杯口。喝的時候，像享受一個微笑。杯上的小花要淺得像下午四點鐘的餘光。小碟子磨擦着杯腳，碰出的的答答的白瓷的聲

音。茶九成熱，白煙在眼鏡上若有若無地勾留。聚散匆匆，散去時對面仍坐着一兩個最要好的朋友⋯⋯

斟與酌、品或嘗，吞吞吐吐或暢所欲言，都是味道。即使是最脆弱的紙杯，也有過盈滿的時刻。從無邊無際的大空間創造出一個一個的小空間，是從無限勺出有限，從永恆勺出此生。所有的杯子都有一種無中生有的美，每一次的盛載都意味着清空，每一次的清空都意味着滿足。一杯在手，不意就握住了一個上好的時辰。

晾衣竹

　　小時候，家裏有個露台，種着幾盆沒人澆水打理的玉蓮，牆角掛着一盞暗燈，地台一角放滿乾柴，還有一柄斧頭。欄杆外是一個生鏽的晾衣架；架子兩頭有幾個小圓環，是用來套着晾衣竹的。幾根變黃的竹子，就這樣一直規規矩矩地並排列隊，洗好的衣服讓竹子穿過，一件一件張開了手臂，迎風亂飛，使勁追咬陽光的尾巴，像種種飛不遠也掉不下的布風箏，給固定在一個高度裏，霍霍翻動，宣告它們對自由的渴望和對門牆的反抗。我們小孩子看見這景象，很是神往，一顆心早隨着那好看的小外衣翻飛去了，好像今天就要掙脫常規，飛上天空。

　　年歲漸長，偶然幫媽媽把掛滿濕衣服的竹子往外挪或向上舉，才感到手心沉重。原來竹子本身已經不輕，加上衣服上水氣凝聚，絕非懶於勞動的手臂能夠承托的。把竹子穿進支架兩頭的小環，也要求準繩的眼

12

界和恰當的力度。我學會晾衣之後，才明白衣服因何不能隨便脫軌飛翔——誰願意墜落到街頭的泥濘中？如果沒有晾衣竹一力承擔，衣服連這個高度也無法攀附。

回家路上，我每次都會抬頭張望，看看哪一層哪一戶的露台外掛着自己的衣服。遙遠但熟悉，三樓那幾根竹子展示出一幅親密的圖畫。那是我們的家：媽媽的夾衲看來最暖和，小弟的褲子小得像玩具，妹妹的裙子總比我的漂亮……肩膀寬寬的竹子，把我們家的全部都擔在胳膊上，像爸爸。我們指指點點，才看了一陣子，脖子已經疲累不堪；可風中那晾衣竹呢，忍受着衣服的翻打，一點怨言都沒有。支架兩邊的小鐵環，正緊緊捏着黃竹的兩腕，像一種不起眼的強力枷銬。真正沒有自由的，大概不是翩翩舞動的衣服吧？

人到中年，才曉得扎根的代價是那麼大、飛翔的空間是那麼小。當最長的孩子考試，最小的感冒；一大堆帳單要求清理，數十學生習作必須批改，明天的課題攤在桌上等待熟習；當家庭的各種需要，像衣布懷裏的疾風，把平靜的心靈不住向外面牽扯，我才完全明白竹子的重擔，明白鐵環與竹子之間那巨大的張力。但我也知道，衣能暖人；等所有的衣裳都在陽光下脫出水濕的重荷，開始厭倦童稚的任性，竹子的雙臂，就會在

13

微颸中體會到人間最爽淨也最溫柔的觸摸。在那裏，
淚水和雨水一樣，總是會乾的，輕鬆的日子一定漸漸到
臨。

晾衣竹

窗外的晾衣竹傾斜着胳膊

把沉重的一家子

所有的衣褲都舉起

向移動的光幅使勁地伸展

一點一點遷就和暖的遠陽

天色的大布是愈晾愈單薄了

午後的風吹過，所有衣服猛烈搖動

像初中的孩子，喧鬧中不住翻攪

急於脫出倫常的支架。看，過激的掙扎

搗碎了黃昏，晚霞的羽片紛紛墜落

一地金酡，是經霜的紅葉還是醉酒的白天？

偶然仰起臉，那用心走路的中年人

輕輕微笑了。還可以上班

還可以擠在地鐵的小小空間裏

讀一張五元的報紙，撥開世情狹窄的窗隙

知道即使兒女不那麼聰明仍可能考進大學

地方狹小仍可以拿下幾枚亞運金牌

疲倦時可以掠過多色的副刊，顛簸裏緊握

那給人暫時托付的鋼枝，小睡一會
離開高速的列車以後，可以
稍稍把回家的路拉長來走，甚至停住
在自己的家下面，抬頭看一看
孩子們幾件汗衫熟悉的風舞
更可以想像那剛剛晾乾的衣布
爽淨泛香，卻仍戀慕晾衣竹的迎光架勢
最後，當然還可以輕輕抒出一口氣
在那截短短的黃竹上
感覺生命的綿長

茶包

　　家父好茶，對茶頗有心得。我去看父母，一定能喝幾口上等好茶。我自己呢，家裏只有簡單的茶包，一杯在手，連茶的品種都不大過問。父親見我只會泡茶包，不以為然，總是笑着搖頭嘆息，說你是我的女兒，怎麼一點飲食文化都沒有？但生活忙碌，茶包總比較方便貼心。那種長在左右、不離不棄的恩義，實在也只有茶包能夠提供。

　　小小的茶包蜷伏在手上，全無分量，只輕飄飄地浮在掌心，像未滿孕期就呱呱落地的小嬰兒，睡在那兒細密地呼吸着，弱小的生命躲藏在白紙的想像世界中，顯得那麼邊緣、那麼卑微、那麼無力無助、那麼難以置信。

　　原片的茶葉，在開水中會慢慢張展，以整全的姿容表達生命的尊貴，葉脈在熱浪中無限延長，葉面坦然向四方熊熊輻射，那種風度與氣勢，往往叫人對着杯底

17

的景象蕭然起敬。喝茶，不能不帶着敬重的心。

可是那蒼白的小小茶包呢，甚至沒有一張完整的臉，裏面更早已肝腸寸斷。當日納入採茶人的手，即知不是上品，否則還會讓人撥去做茶包嗎？喝茶的人，若隨手拿起茶包就泡，當然也不會有甚麼賞茶的空間了。

但我相信，無論這小茶包多麼不起眼，當熱水的洪峰一到，茶的能力仍必得到釋放與伸張，且要放得更遠、張得更開。昔日那片葉子怎樣碎斷，驕傲封閉的自我也必同樣碎斷；所有利刃切成的傷口，今天都要蛻變為出路。越過薄紙的橫紋和直理，沒有固定形狀的茶香必率先起飛，湧動的葉色接着就要從所有方位徹底溢出，向剛下班回家那口渴的中年人，輕輕吐露晚霞一樣澄亮透明的顏色，黃昏一樣溫熱華麗的安慰。

一杯上品好茶，叫人眼界頓開、味覺嗅覺登上造物的極峰，是錦上之花，不可多得，能夠提升我、拓展我，也許還會要求我表達真心的讚譽。微小的茶包呢，卻甘願助我走過許多辛勞與瑣碎，乃雪中之炭，願意竟日相扶，叫我更明白感情，更懂得生命的平凡之樂、零落之美。最叫我感動的是，這小小的茶包竟然

一點要求都沒有，只在我需要安慰的時候，用一截短短
的棉繩，柔和地牽着我的手。

茶包

若有人要跟從我，就當捨己。

——《路加福音》九章二十三節

我用手指觸摸這小小的茶包，感覺它

紙質的疆界和卑微的身量

手掌有限的天地裏我幾乎聽見

茶的微細思維在研磨

在碰撞，那輕微發熱的紅棕色呼吸

在我敏感的肌膚上

起伏不已，纖維的規範裏

無聲地掙扎着，跳動着，急欲外放

整潔的表達背後

是嚅動的靈魂

像被囚禁了整個下午的

金亮的黃昏，苦候燃燒

每一片以茶為名的小葉子

都折疊着名字的衝動，渴待兌現

只等葉脈如囚繩一一碎斷

而碎片，向四方

張開許多疼痛的傷口

委曲的季節就準備還原

並要全然釋放

那收藏得深密的

一切的淨雨和清香

讀衣

　　回到家裏，黃昏的餘光攀檻而入，疲弱地落在靠窗的床頭。床褥柔軟的胸懷呼召我勞乏的肢體。我把外衣脫去，隨手拋到碎花床布上，頹然坐下，完全陷進床邊的椅子裏。閉上眼睛，我覺得自己的生命正在一點一滴地溢出皮膚的邊界，在這無人的空間偷偷揮發、散去。

　　再張開眼睛，室內的光線更見柔薄，溫潤的燈暈升起淡黃的小天地。外面的世界暗下來了，只留下零星的路燈。軀體裏的情懷，那虛弱但堅持的生命，卻緩緩生長。我忽然又看見自己剛剛脫落的外衣。土黃色的單薄外套，低柔地蜷作一團，亂作一堆，領子縮成一片秋染的黃葉，衣袖覆着衣襟，像雙手撫抹胸懷，很輕，也很重，看着就覺得淒涼。

　　我靜靜陪着它，思索它，不覺對自己微笑。不知是甚麼移情作用，讓我忽然觸摸到自己最裏面的明明

滅滅。折疊的布縫中一小片一小片地躲藏着無名的黑暗。我趴到褥子上，把頭靠近，細細閱讀這衣服軟弱且迂迴的氣息。

外衣隱約散出淡淡的只屬於我的氣味，白天的勤快漸漸退化成思維的末速，理性睡去以後，內視的感官才蘇醒；它好像另一個我——餘溫猶在，親近而又虛幻，實涵脫出，卻使勁保存着我留給他人的印象。是的，印象。而我的內質，在它一尺以外，正努力與這個印象溝通。我是孩子們的母親，丈夫的伴侶，學生的老師，年老父母已經長大成人的女兒。可是，當這一切角色暫時自肩頭滑下，就像一件外衣在這黃昏慢慢解體，我就會回到那種既無年齡也無身份的境界裏，在暫且偏離航道的航行中，一次又一次經歷本相的解拆與重組⋯⋯

我感到難勝的涼意，繞着自己的軀體悠悠運行。將要着涼的時刻，我知道總有祂的手為我溫柔披衣。

讀衣

脫下的外衣閒閒躺落床褥上
土黃色，柔軟，透着一種穿過的氣味
肩膀塌成亂局，扣子與孔洞分開
是我的衣服嗎？脫離了我
還是我的衣服嗎？

我聽見它的呼吸
柔細地穿過時間的篩子
皺褶間醞釀出微小的黑夜
體溫散去，溶入更大的夜裏
相連的層次折疊着迷宮的空間

我也想這樣躺着，緩步回溯那又深又窄的
童年或少年的小巷，把中年的臉沉入軟枕
需要一點點失神的虛隙，聆聽塵埃
在自己身上降落，駐足，然後給輕輕抖去
感覺脫落的白天逐漸遠離，帶着另一個自己

讓漸染秋色的風用下滑的溫度來思索

檢驗一直努力伸直的蜷曲生命

如何逸出年歲的航道，回到嬰兒的蹲坐裏

用細細的鼻息，一下一下地搓揉

揉成醒睡之間那幼幼的意識之線

在明滅的燈火中領會自身的明滅

在吞吐的夢潮裏吞吐醒着的心情

我嘗試把離去的自己領回這黃昏，柔聲說安慰的話

又把這話納入耳朵裏，模糊地答應着

讓不知屬誰的手把外衣輕輕披下：小心，別要着涼

潤 物 細 無 聲

師恩

世上無難事
——方老師的神話

　　我這樣喚我的第一個老師：方老師。那時我仍在廣州念一年級，她是我的班主任。關於她的，我知道的很少。她留着個極其簡單的直短髮，一個應只屬於年青女孩子的髮型。但她的臉上滿佈皺紋，皮膚粗糙。可是你怎麼看，她也不能算是蒼老。那顯然只是一種給日月風雨過早催熟了的臉容。後來我長大了，依然不能為她找到適當的形容詞。「滄桑」一定不對，她對我們的投入和熱切把這個詞裏的落寞趕跑了。「風霜」也不接近，因為她給人的整體印象是鮮活明朗的。

　　上課時許多「情節」都忘了。我經常想起的，只有兩件事。有一天她在黑板上寫了個很大的「縫」字。她寫得很慢，很用勁，一面說：「這個字很深，寫起來比較艱難，但我們必須克服一切困難。」這看似一句老套的話，但它深鑴在我的腦海裏，年年月月，不知不覺間醇化着、影響着我的行為。這話，絕不機智取巧，也

不惹笑，在現代社會尊崇表現自我、追求與眾不同、推許刻薄言詞的大氣候下，簡直是句傻話，然而它卻為我帶來了一個神話：「世上無難事」。憑着這種近乎天真的信念，我確實平安走過了許多看來崎嶇的道路，我，就是方老師啟發了的其中一個「有心人」。

第二件事。有一天我們低頭寫字。方老師說：「小朋友做事應該專心。我現在把手冊放到你們的桌子上，如果你真的很專心，就不會知道。」那時我心想，糟糕，我怎麼可以讓自己真的不知道呢？她不這麼說反而好，她說了，我就不知所措地數算着她的腳步，傾聽着她的方位……來了，來了，怎麼辦啊？「啪」的一響，手冊落下，平直的躺在我的桌子上，我動也不敢動，繼續做功課。然而，我竟已曉得自己說了個無奈的謊話。

誰沒說過謊話呢？大的小的，有意無意之間……我懷念方老師，因為她是第一個使我意識到世事真假的人。我不喜歡別人待我虛偽，卻亦能設身處地去理解一個被迫虛偽起來的人，這當然也該感激她。

可惜我在那小小的學校只念了三數個月書，便離開廣州，移民香港。方老師自我的生活中淡出，其他老師的臉容，卻相繼明亮起來。

夜愈深時燈更亮
——博文老師的榜樣

　　博文老師給我的第一個印象是：惹不得。小孩子不曉得那許多詞彙，同學交頭接耳，只管說她「兇」（廣東話是「惡」）。多年後回望，總覺得這些形容都不對，她只是嚴肅和認真，而且擇善固執，堅守原則。

　　博文老師是校長最好的朋友和戰友。她比校長年輕十來歲，但當時亦已年屆五十。和校長束腳結髻的拘謹形象相比，博文老師就顯得明快開朗得多了。她精神暢旺，健步如飛，蓄短髮，相信年青時代是個「新派」的女性。和校長一樣，她亦篤信基督，獨身，一生獻給教育事業。

　　如果我在十六七歲才遇見博文老師，心裏一定充滿掙扎和矛盾。我會欣賞她的認真、有學問，但也會嫌她守舊、缺乏彈性。然而我第一次看到她時才十歲，唯一的感覺是「怕」。

　　她教語文、尺牘和珠算。除了語文，那兩科實在

不好玩。她的「不好玩」、「沒趣」形象因而深鑴於我的腦海。我很小就自以為聰明，加上在這麼一所只收二百學生的離島山區小學就讀，常考第一，就不覺漸成井蛙，不知天高地厚，心中討厭「閒科」，功利地只「愛上了」中、英、數。那時總在想：甚麼「膝下」、「尊前」、「台鑒」、「大啟」……真煩！甚麼「二一添作五」，真落後！料不到如今當了老師，教的也包括應用文；每拿起冷硬板臉的計算機，就想起黑子算盤烏亮的木色、錯落的敲打聲，和它那種飽歷觸撫、充滿體溫人情的氣質。每每在內地旅行，遇見用算盤的人；或在本地一些蒼古的藥店，細聽那木珠相擊，我總不禁悠然神往，經常憶起小時教室的小木桌子，和那些給我故意錯失了的機會……

博文老師不像一般教師，她不會只疼愛乖巧好看、成績突出的學生。這些小寵兒還經常得捱她的板臉。反是那些率直自然的小孩，偶然會得着她一閃而過的溫柔眼光。她的信念是：聰明孩子不可讚，只可挫，受得了的自能成大器，所以她老説反話；起初讓大家氣餒得要死。後來習慣了，反而會因為她非常偶然的一句讚語樂上半天。

小六那年我搬到校長家中寄住。説是校長的家，

其實不十分準確。那兒也是另外數位女教師的家。博文老師的閣樓屋子最大，於是那兒就容納了我和另一位女同學。那同學家在梅窩，每早趕橫水渡上學太辛苦，摸黑出門也太危險，於是校長就照顧了她的住宿。她和我睡在兩張板床上，頭對着頭，自然多話說。但博文老師的腳步一響，「木梯警號」就吱吱咯咯地叫我們閉嘴睡覺。「食不言、寢不語」是她恪守的規矩。真的，她的話很少，每每點到即止，你想得着甚麼，你自己去咀嚼。一天臨睡，她冷冷地對我說，一個真正聰明的孩子總會自覺知道用功，教我想了好久。第二天開始，我甚麼教過的書都重溫幾遍，拼命應付小學會考，連社會科都拿它一個一百分。班主任眉開眼笑，博文老師呢？明明見我挑燈夜讀，也不發一言。然而如今我曉得，她知道自己已經成功了。

和其他較為年長的人不一樣，博文老師絕少滔滔不絕、長篇大論地教訓我們。她給我的教育由行為而來。一天她看見我在陽台洗衣服，就說：「怎麼弄得一地都是水呢？」我答道：「盆子太小，沒法子。」她馬上就蹲在地上，為我洗起衣服來。果然，盆中的水漾漾旋旋，都在那直徑一尺的圓形裏，只見偶然濺起的幾個肥皂泡，反射着星期六早晨的陽光。那只是一件小

事，然而她那魔術一樣靈巧的搓挪手勢，足以教我在以後幾年裏，自學習中享受到洗衣的樂趣，可真神奇極了。又有一次，她看見我晾衣，就問我為何不把覆轉了的衣服重新反過來才晾。我不解地説：「不都是一樣嗎？」「不一樣，」她説：「衣服貼肉的地方不可向外，那不衛生。」當時我不禁暗暗吃驚，心想，老師不免太執着了吧？可是，到了今天，這種講究衛生的晾衣方法，竟然成了我的習慣！

博文老師大概是個完美主義者：整齊、清潔、用功、講效率、少説多做，對於我這好動好勝、愛玩又頑皮懶惰的小孩，起了以身作則的教化作用。她雖然並不是那種使我心折的浪漫人物，卻一直是我努力學習的對象。

小學畢業的時候，博文老師用毛筆在我的紀念冊上寫下古人「火動則不能燭、水動則不能鑑」的勉勵話語。這句話，證明老師對我相當了解，對於任性不馴的我來説，這真是非常「到點」的警醒。如今年紀愈長，愈是曉得「靜」的重要和樂趣。智慧的人，智慧的話，在人生的長路上，總是愈燒愈明亮的。

「爸爸」帶我上餐館
——記國堅老師（三）

　　升中試近在眉睫，學校上下都非常緊張。我整天背成語，串英文字，鍛煉心算，忙得很。國堅老師還得給我們選學校。

　　我一直心儀聖保羅男女中學，其他有名的學校，只粗略聽過幾間，可謂孤陋寡聞；又只見前兩屆的第一名都考進了聖保羅，自然不作他想。可是老師說：「聖保羅不適合你。」我心下一冷，難道我的成績不夠好？「不，你用心的話，一定能考上，但在那裏你不會快樂。」那為甚麼老師又鼓勵去屆的同學投考聖保羅？我納悶。

　　「每個人的性格都不同，你應該相信老師。」

　　我相信了他。往後七年，伊利沙伯中學帶給我一生中最難忘的美好日子。

　　但這個時候，我從沒聽過伊中的名字，我填報了這個「第一志願」，心中不無忐忑。不過父親不在身

邊，我不信靠老師，又信靠誰呢。

於是有一天，當老師給我補課時，我竟一時糊塗，喚了他一句「爸爸」。他仰天大笑起來，久久未止。我嚇呆了，臉一定很紅。幾年後老師結婚了，生了個胖嘟嘟的娃娃，竟真的取名「燕菁」，不知與那次的「意外」有沒有關係。

其實，那句「爸爸」着實頗能反映我當時渴望得到照顧的潛在意識；至於老師，相信亦願意把我看作兒女。他很關心我。我的近視眼，就是他首先發現的。那時我坐在最前的位子，仍得瞇起眼睛才看得清楚。老師皺眉望着我，又笑了，「叫爸爸給你配個眼鏡吧！」他說。我戴着眼鏡回來了，他還跟同學一起笑我，喚我做「四眼妹」。我成了班上的稀有動物，相當得意，竟也不覺鼻樑上那漸大的壓力是甚麼苦楚——直至我長大後走進壁球場。

為了鼓勵我繼續求學，國堅老師有時也會來點「物質引誘」。他知道我家窮，極希望我能考取五年的政府獎學金，完成中學課程。因為爸說過，如果我要付學費的話，就不能讓我升中學，那時我就只有日間工作，晚上讀書了。國堅老師對我說，如果我爭取得中英數三科一級的成績，他就送我中一全年的教科書，和一

對筆。我知道老師其實不外在找一個藉口來資助我，心裏感激。可惜我終於讓他失望了。那真是我生命中的第一個滑鐵盧——雖然我英、數兩科都考得很好，最有把握的中文科卻只拿到了個二等分數。老師嘆了口氣，沒説甚麼。驕兵必敗，實是不二真理。

分手在即，老師忽然説要請我吃西餐。那天晚上，我盡量穿得最好，因為我要見未來師母了。

她是個端莊的年輕女郎，打扮雖略為保守，但很可親，一直帶着和藹的微笑。那天晚上，我走在老師和她的中間，竟感到一種久違了的幸福。上次自己讓父母一人拉着我的一隻手，由樓梯頂端「飛」下來，是幾時了？即使偶然隨爸爸回穗，見到媽媽，他們的手就是不用拉着弟妹，亦應騰出相握吧？此刻我拉着老師和未來師母，雙手溫暖而飽滿，叫人因着一種無名的喜悦而想下淚。

老師為我叫了一客「全餐」。那時的西餐館有「常餐」、「全餐」之分，前者是後者的「撮要」，我與爸爸在橫街的茶餐廳吃過一次。這個地方可大大不同：情調幽雅，室內一片暗紅，桌子上鋪了布，想是很「高級」的了。我硬生生地坐着，由得服務員給我擺放餐具。他總是一邊放刀，一邊放叉，一層一對，一對後又加一

層，前面還放了個圓圓的湯匙。

老師見我茫然不知所措，又笑了。然後他開始詳細地告訴我：最外的先用，一對一對的用，來一碟用一對，喝湯時碗應該稍稍向外傾斜……我頭都昏了，卻猶覺得頗為有趣，於是用勁切切割割，吃吃喝喝，終於吃得飽了好幾天。多年後憶起此事，很懷念老師和師母。老師他們當年想到我在離島生活多年，不習慣城市生活，怕我會出洋相，竟特別為我安排這樣的「練習」，我怎能不感激呢？

許多日子過去了，我糊里糊塗地又吃過許多西餐——便宜的、昂貴的，排檔那種，還有酒店那種……就是沒有一個像那次的味道好。不過，那也是個傷感的晚上。從此，我不再是個小學生了，童年已然過去。我攪拌着橘紅色的湯，好像一下子被旋進了往昔，那裏，清晨是透明的涼風習習；夾道的老榕堆起了山路的斜度，偶爾打鬈葉間漏進幾片純色的天藍。老師在那裏，領着我們向上邊叫邊跑，像山嶺間彼此追逐的白雲……

比考第一更重要的事
——倩儀老師的三個問題

　　我上中學前，國堅老師語重心長地「警告」我：「最初念英語學校，會遇上許多困難，有時候會聽不懂課。你考上了一所好學校，學生的底子都很不錯，在班上你不會再像現在那麼出眾。要知道，我們這裏只有那麼幾個小班，程度也低，你要考第一並不困難；上中學以後第一次的成績發了下來，要是一下子滑到三十多名，一定不好受，所以你得有心理準備。」

　　我聽得心裏發毛，卻也覺得這是理所當然的。英諺有云：向最好的盼望，作最壞的打算。果然，中一開課那天，班主任一出現，就帶領我們如何接受這「打算」的內容。

　　她姓盧，很和藹，老笑，表面看不像特別聰明。她給我一個很強烈的感覺：清潔。她的小腿瘦而挺直，鞋子的款式很傳統，淺淺的半跟鞋，很端莊，也很秀氣。我喜歡她的每一件連衣裙，顏色淡素，線條簡

潔，像一片晴天的雲，自有光彩，卻靜謐而平和。記
得她好像不愛塗指甲，天然的軟甲粉紅透薄，細緻而
柔和。最忘不了的是她輕輕皺着的眉，流露的不是憂
戚，而是一種實在卻難懂的幻惑，一種永恆的思索。
她聽我們說話，坦率的眼睛隔着眼鏡像有許多要問、許
多不懂似地看着你的臉，是個完全投入的聆聽者。後
來我才知道，多年前，她是我們學校的畢業生，而且是
「頭女」——領袖生的領袖。

　　一進教室，她就笑了。閒話幾句後，她就問同學
們是否知道男女同校教育的意義。可能因為大家都是
新來的，年紀又小，誰都沒敢答。等了一會，她又再
送給我們一個皺眉下的笑容。她笑時的嘴巴真好看，
線條準確明朗，淺紅的唇柔軟而潔亮，圓滿卻清薄，彎
彎的流露一小片純白的月光。「是希望你們將來能夠更
好地面對一個有男有女的世界，」她說。停了一會兒，
又輕聲問道：「懂嗎？」

　　十五分鐘後，我們已被分配到新的座位上了；女
孩身邊有兩位男孩子，男孩前後也有兩個女孩子。起
初大家面面相覷，有點兒尷尬，卻因為待遇平等，互生
同情，反而感到彼此「親愛」起來；老實說，這安排還
讓我們感到相當刺激呢。

　　安頓不久，她的第二個問題來了：「不戴眼鏡的同學有多少位？把手舉起來好嗎？」

　　六隻右手舉起。我吃了一驚。在鄉間小學那簡陋的金字頂教室裏，我鼻樑上那副黑膠框框使我格外出眾，一夕間成了稀有品種；但在這兒，沒戴眼鏡的反倒是清爽利落的少數民族！大家格格笑了。

　　老師也笑了，仍是那樣把眉毛輕輕鎖在一起，像要把那些奪目而出的心事都拘押到沉默的唇間。多年後我逐漸明白那略為憂傷的微笑，因何情不自禁地在一個慈愛的老師誠懇的臉容上隱現──淡出無知幸福的童年，融入少年晃蕩繽紛的世界，這一群孩子，本該有公開考試以外的路可走吧？

　　她還沒有問完呢。

　　「那麼，請大家再幫幫忙──從前在小學經常考第一名的同學又有多少個呢？」

　　這話剛完，幾乎所有的右手都舉了起來。這次大家不笑了，只慌亂的到處張望，大家心裏暗吃一驚，想道：「天哪，全都是高手呢，這場仗可真難打啊！」

　　「三十二位。」老師數完了，微笑再度浮現，仍是那未收勒的、沉潛的、好像浮出水面那小部分冰山，充滿暗示性：「往後，」她說：「我們班上每學期只有一個

40

能考到第一名的同學——所以，這事情，反倒不那麼重要了。」

懂嗎？

我們不懂，只那麼瞪着眼看老師隨着鈴響緩緩離開教室。馬上，大家迫不及待的、鬧哄哄的交談裏，閃過一些話：她很「好人」，她很好看，她很……

二十年後的今天，我更想說，她很了解她的學生，並希望培養我們以面對問題的方法，化解自己心中的重壓。這和國堅老師的想法很相似，只是，國堅老師擔心的單我一個，她擔心的，卻是這素未謀面的四十個少年人。

果然，這班上三十九人沒考到第一名，但他們都能愉快開朗地升上中二，因為一年下來，倩儀老師讓我們知道，有許多，不，是絕大部分的事情，比考第一更重要，更使人感到生命活潑而圓滿。

銀雪下的春天
——洪老師溫暖的心

我的數學天分不高，但與數學老師好像格外親密。上了中一，我遇上許多好老師，但最鼓勵和照顧我的，要數教數學的洪老師了。

相對於倩儀老師的溫柔，洪老師予人的感覺是嚴厲、寡言；他目光灼灼，卻帶着幾分不相稱的落寞與滄桑。他個子不算十分高，但看來相當強壯，只是背有點彎。最特別的，是他的歐洲人臉孔。他們猜想他是個混血兒，只是誰也沒敢去問他。老師的嗓子非常動聽，又圓又亮，多年教學，並沒有損毀過他的聲帶一分半點；要是你閉着眼睛聽，一定會以為他是個才二十出頭的年青人。我常竊想，老師大概是哪個合唱團的成員，只是我們不曉得罷了。

老師很少笑。許多年後我仍記得許多關於他的事，卻無論怎樣，都無法憶起他的笑容。他雖然才及中年，短硬的頭髮已白了一半，耳畔早是銀雪紛紛了，

只是他也不去理會，由得年齡歲月清楚坦率地攤露出來。老師精神好，聲音也響亮，在我們看來，他的銀髮是威嚴的標誌，磊落高貴，比那些塗烏染黑、遮遮掩掩、自欺欺人的所謂「翠髮」好看多了。

老師講課從容不迫，卻沒半句多餘的話，每個觀念都交代得清楚。他是個認真的人，粉筆字寫得一絲不苟。彷彿記得他走路的姿勢，也是那末慎重，好像那也是一件必須做得完美的事一樣。為此，我們上他的課，總也帶着幾分戰戰兢兢的心情。我沒有數學頭腦，抽象思維能力不夠，遇上好老師循循善誘，成績還過得去；遇不上，就馬上退步。我中一那年數學成績比往後的都強，是因為洪老師教得實在出色。

一天上課，我看不清楚黑板上的字，把眼睛瞇得像根線。老師突然叫我，我慌忙站起來。

「你近視有多深？」他問我。

「一百五十度左右，」我回答，很難為情。

「那你出來。」

我走到前面。他自口袋裏掏出一串鑰匙，拿起其中一條，説：

「你到停車場去，找出粉綠色的福士小甲蟲，把門開了，方向盤附近放着一個眼鏡袋……」

幾分鐘以後，我已戴着老師那二百多度的黑色眼鏡上課。它又笨又大，碰着鼻樑冷冷的，卻教我眼前的世界清晰起來。

「回去叫家裏給你換一副眼鏡。」離開課室時老師對我説。我抬頭看着他，心裏有許多話，卻難以啟齒；我該如何告訴他，我家裏負債纍纍，基本生活都無法解決，根本就不會有錢換眼鏡呢？⋯⋯

但幾天之後，我還是吞吞吐吐地跟老師説了。幾星期後，老師為我找到我有生以來的第一份工作：給他念五年級的女兒補習。我有了收入，換了眼鏡，學習的情緒也好得多了。

每星期有兩天，下課後總是老師在停車場等我，接我到他家裏。一段短短的路，讓我一點一滴地深入認識到老師的為人：他嚴厲的臉孔掩蓋不住他對子女的慈愛，對學生的關心。從他口中，我知道了我們級上經常名列前茅的那位男同學，如何在某名小學遭勢利老師虐待；也知道了一個女同學因家境貧困、面臨輟學等等事情。老師似乎有意無意地要我明白，我的困境並不是獨有的，班裏許多同學都在奮鬥，我毋須自憐自閉，應該努力。「這是我教過的學校裏，學生素質最好的一間，但他們也是我的學生裏最窮苦的一群。」老師

這句話，二十年來我一直沒有忘懷；人貴自強——他話語背後的信息，我更會緊記。

上了中二，那位女同學終於退學了。她平素沉默訥言，朋友不多。老師知道了，就找了幾位與她比較熟落的同學，一同到她家裏找她，勸她復學。這件事，是許多年後，其中一位同學告訴我們的。雖然始終她沒有復學，我們聽後都很感動——洪老師對同學的關懷，比我們的班主任更多更深。

那位考第一的男同學就幸運得多了，後來他在加州理工學院取得學士學位，再考進麻省理工和哈佛，同時修讀工程和醫學兩個博士學位，而且都完成了。無論在學業之上成功與否，相信兩位同學深藏的記憶裏，必有洪老師在，這是我深信不移的。

師母與老師一般，對我們很好。那時我每逢週末到他們家去做家教，都穿着很舊的衣服，那是我的表姐們留給我的。師母見了，就帶我上街，給我買了一件裙子，和一雙丁字帶「其樂」鞋。我起初不肯要，她卻要生氣了。後來我穿着那雙鞋子上學，達兩年之久；到了今天，每在店子的飾櫥看見同樣款式的童鞋，就想起她。後來我進了大學，做兼工掙了點錢，又再買了一雙一模一樣的，一直穿至畢業。別人也許會覺得我

怪，但他們當不會明白，許多時候，人會選擇逗留在他
的童年或少年，那充滿人間溫情的地方；而洪老師和師
母，正是我回溯的腳步找尋的一站。

我喜歡的生物課
——愛讀新詩的鄒老師

　　從沒想過自己會喜歡生物課。最初的三節,更簡直教我手心冒汗。英語裏的生物名詞,長得不近人情,會寫了還是不會讀。企圖留意鄒老師的發音,卻只聽得滿耳朵顫顫長長的「r ——」,他咬牙切齒地,正在把一個英文字努力念好!……亞米巴,草履蟲,唉,可怕。

　　不過鄒老師並不可怕,他可愛:瘦得出奇的臉,薄得出奇的唇,憨得出奇的表情,卻掩藏不住豐厚發放的熱誠。無論多悶的課,他都講得手舞足蹈,旁若無人,投入之時甚至抓頭,頓足,傻笑,大聲感喟慨嘆。同學們看得傻了,哪敢置身度外?

　　鄒老師的課內外知識豐富,每節課總有二十分鐘「超水平演出」。「超水平」者,一指他所談內容,超乎中學程度。那時我們念的是尖子班,他不理會我們年紀小,大談高深學術理論。尖子中的尖子於是大快朵

頤，狼吞虎嚥。我坐在那裏，一方面忍受被遺棄的孤獨（我在班上平凡得緊），一方面享受他和幾位優秀同學你問我答、口沫橫飛的神態，心情不可謂不複雜。

　　漸漸上了軌道，生物於我再不是太大的困難了。鄒老師的活潑也日漸大眾化起來。他開始有充裕的時間談維生素使用須知，談他至愛的中國功夫，談乒乓球，談文哲。同學們每提起他，輒用「神化」兩字，且總忍不住莞爾。老師性格鮮明，永遠像一個給母親追打的頑皮孩子，雖已接近三十，但仍教人一下子就想像得出他小時候蹲在小渠邊撈蝌蚪的神態。他很有同情心。一回我在實驗室頭痛難當，同學扶我往醫療室，臨離開聽見老師在嘆氣：「無陰功咯，咁細個就……」不寫一句廣州話，實在難以表現老師悲憫的語氣。為了這句話，我一輩子記得老師。

　　老師教書，着重知識與實際生活的連結應用。一回他寫了一個驚人的食量數字，問我們誰需要吃這麼多東西。可選的答案有五個，但只有一個正確。其中有伐木工人和小巴司機。班上同學大多挑了伐木工人，認為伐木耗力甚鉅，必吃得多。老師皺了眉，理直氣壯地說我們常識不夠。他道：「如今伐木，一切電器化，工人用力不多，哪裏及得上爭分奪秒的小巴司

機？！」我們為之氣結。不過，他出題之靈活，對生命之關注，卻予我印象極深。

我校當年恪守通材教育的原則，中五才分文、理班，文科班仍須修讀至少一門科學。我放棄了可怕的化學和好玩的物理，中五仍念生物。老師三年未換，師生感情頗好。老師領着我們的英國文學組去考生物，竟也取得許多優良成績。

離校多年，偶爾回訪，巧遇老師：一樣清瘦，一樣活潑，歲月的刻刀已留下明顯的鑴銘。老師一見我便開懷笑了，道：「你們那一屆的孩子真教人懷念！」我苦笑着答：「老師，都不是孩子了。」老師沒聽見似的，迷迷說：「那時上班，哪用講課？你們自己看看書就懂了，上課時天南地北，真教人懷念。現在的學生是要教的。」我笑道：「老師當然得教書呀！」「No！」他叫道：「學生只需啟發！」「老師豈不失望？」「不失望，有過你們這樣的一代，就很幸福了。」

幸福豈是單方面的呢？你所珍惜的我們又怎會忘記？

行 到 水 窮 處

成長

長洲女校

　　寧謐的小漁村，靜靜伏在啞鈴長柄的西側，深棕色的木船兒零零碎碎地浮近陸地的邊緣，有的貼得緊緊的，有的走得遠一點；像小孩子繞在母親的身邊玩耍，有人依傍着媽媽不離半步，有人用好奇的眼睛試探着遠方的風景。

　　翠藍色的海水反射着陽光。港灣用柔和的弧度把漁舟納進胸懷，海岸的長臂卻指向大海的開闊。安全和自由原是無法分割的同一回事。

　　我們站在學校泥地的盡頭，能夠俯瞰海島漁灣的全景。我與小書友在那裏追逐笑鬧，停下稍稍喘息，眼前就是這樣一幅明媚的畫圖，呼應着殘舊木風琴聖潔的樂音。

　　山腰上，簕杜鵑艷紅如火，把小小的校舍燒成了春天的髮針。紫紅色的髮針，翠髮繚繞處呼喊着季節的小名，是那麼叫人感動。

　　往山上望，天主教的修道院從大石塊後悄悄豎起一片牆。牆壁已經給歲月熏得黑黑的，上面蔓衍着各種攀生的長藤，有些還在抽芽，有些已經枯謝，但仍那麼牢牢地抓着那直立的建築。有時候，一個年輕男子會爬到大石塊上坐半天。我們向他揮手，他就答以微笑。現在回想起來，那大概是個退隱漁樵的修士吧？

　　長洲女校，不怎麼起眼，卻無匹地美。

　　我的心像嬰孩聽見媽媽若隱若現的輕歌，逐漸安靜下來。

念天地之悠悠

　　從山邊的小石屋到學校，得先下一截坡路，走過一谷的農地和村落，再爬上斷斷續續的石梯，攀上一個小小的天然平台，才抵達學校。

　　每走一步，大自然都透徹地洗滌着我幼嫩的意識。

　　清晨，最先把我叫醒的是清晰的鳥鳴。我的睡牀與窗台相隔不過一臂之遙，早鳥的歌聲好像直接澆潑在臉上。朝陽灑進，樹影飄飄，眼前的亮光一明一滅。夏天的草蓆散發出沁人髮膚的清涼。我最愛用腳踝輕輕摩擦床被的餘溫，感受腦袋逐漸清明的景象，開始我充滿思索、想像和期盼的一天。

　　黃昏給我的感動不一樣。陽台右面，一天晚霞打遠海揮來，自水平線起，先由嫣紅淡入澄紫，再由澄紫滑入醉藍；醉得深邃的後方，星星悄悄逐一亮起。島上的夜空有種酒樣的透明，叫人感到莫名的悲懷，巨大的嚮往⋯⋯

　　我一個人站在幻化莫測的天穹之下，切實感到弱小、短暫。孤單的小心靈裏油然生起的，再不是鄉情，而是面對永恆的嚮慕與戰慄。這是一種無法向人表達的感受。

　　在祂看來，千年如已過的昨日，又如夜裏的一更。

　　念天地之悠悠，獨愴然而涕下。

這一盆清水

　　本來想睡覺了，但覺得一定要先記下這事。

　　昨天，蓮蓬頭壞了，我無法正常地淋浴。於是，我找來一個塑料盆子，盛了水，用小毛巾洗澡。我們這一代小時候都是這樣洗澡的：先把水煮沸，加到水盆的冷水裏。溫度可以了，才脫下衣服，然後用毛巾一點一滴地洗身。完了，抹乾身體的，還是那條小毛巾。末後還要把毛巾洗淨、把盆子清理好，掛到牆上。這樣，用的水很少，身體天然的油脂也不會給沖洗得一點不留。

　　過去，一人只擁有一條小毛巾，掛在不同的鈎子上，絕不搞亂。用不久，毛巾就會發出酸餿味，必須用肥皂好好洗淨，才可以繼續用。媽媽會用沸水來煮毛巾，進行消毒。一條小小的紗線巾可以用上好幾年，到它破爛不堪，還會定時變成洗碗布、抹桌布和抹地布。洗澡用的水固然少，毛巾也少，不會像今日的

家庭，要另闢抽屜來安放毛絨絨的大浴巾和小臉巾。

那時候的香港，物質雖然並不缺乏，但我們都知道珍惜。每個女孩子都懂得縫縫補補，即使家裏沒有衣車，還是會封邊、開鈕門等女紅基本功。手拉幼線，食指和拇指捏着銀針來回穿插，煞是好看；縫紉時運用走針、回針和氈針，幾乎是本能，根本不用母親把手教導。

因為物資不多，我們的家雖小，卻不會堆滿雜物，叫人舉步維艱。我們只有一張桌子，那是飯桌、書桌和大人的麻將桌，不用的時候可以摺起；只有一張床，那也是座椅和雜物櫃（床底）。我們沒有大衣櫥，但有五桶櫃，那也放着棉被和各種各樣的大小家當。五桶櫃最上層的抽屜是可以鎖上的，用來放出世紙身份證畢業證書等重要文件。那時我們沒有冰箱，沒有洗衣機，卻有洗衣板和蓋着餘菜的紗罩，而紗罩也用來盛載洗好的菜。

除了物資不多，資訊也少。收音機、報紙之外，我們就只能用口頭傳話。那時候有早報也有晚報，因此只須有小學三四年級的程度，閱讀能力就不錯；當然還有又大又重上面安裝了轉盤的電話，放在「包租公」的大廳茶几上，你可以去借用，但必須言語精簡。

要和外地親友聯絡，就得去大東電報局打電報或撥長途電話。因為多餘資訊無法侵佔我們的耳朵和眼睛，我們都心清如水、思想靈活，說話絕對不會吞吞吐吐，或詞不成句、句不成篇。

那時候胖人也不多看見，因為家務多、路途遠，工作時大多數人都動用手腳。我的朋友、同學想都沒想過須要減肥，因為沒有「瘦就是美」的「歪」念。我爸爸媽媽更是瘦，我自己也常讓同學取笑，他們說我是最蒼白的非洲飢民，因此我們每天都能開懷大嚼，菠蘿油鮮奶？誰都敢吃。那時候，到處都只有風扇，沒有冷氣，因此出現了「嘆冷氣」一詞。

如今，住公屋的，小康的，中產的市民……全部都活得比以前的王族更排場、更講究。天氣熱，可以開盡冷氣吃火鍋、蓋棉被；天氣冷，正好用來表演圍巾和冷帽。時裝的料子故意用差勁的，那才有藉口每一季「送舊迎新」。鞋子要另闢房間來安放，還要打高燈把它們照亮，讓它們的前額閃閃生輝。屋子太小的，就是把小房間變成兩三層，自己的睡鋪寬不盈尺，也還是要繼續購物，因為購物的重點在於從「無」到「有」的「興奮」，而非從「有」到「有用」的「需要」。廣告教導我們：「好天買鞋，落雨買鞋，心情好買鞋，心情不好

買鞋⋯⋯」很久以前,「不學詩、無以言」,時至今日,變成了「不買鞋、不得活」。任性和個性,詞義混淆久矣。

　　眼前這一盆清水,要為我解咒似的,讓我忽然想起當年的簡單和清心。模糊的水光裏,我好像又看見了自己小時候的臉。

小板凳上

　　少年時，我跟父親二人租住深水埗的一個板間房，父女兩人一上一下地睡在狹窄的雙層床上。房間小得可憐，我們又因為租金問題搬來搬去，家當實在不宜太多。床頭的木書桌上堆滿雜物，全是爸爸的謀生工具：舉凡電線、錫條、「辣雞」、塑料收音機殼、乾電池、螺絲釘，真是應有盡有，只欠空間。床尾的五桶櫃內堆滿了衣褲、襪子、T-Shirt、毛衣和爸爸一直堅持使用的的確涼手帕。比較像樣的衣服實在沒地方放，只好用包膠鐵線衣架胡亂鈎在床架子上，是以我的床尾永遠掛着一套舊得要破的校服。五桶櫃櫃頂上，放着一部三手電視機，是從鴨寮街買來的。床底下躺着爸爸的三數旅行箱。較好的那個放着我們的證件，將破的那個貯存着我從小到大的作文。除了這些，我們還有一個紅A洗臉盆、兩條毛巾、一塊加信氏香皂和一個冷水瓶。這一切，堆在三十多平方英呎的小房間內，

我們連轉肘的空間都沒有。這是爸爸和我最窮乏的日子。可是，那時候的我少有感到侷促和不快，除了偶然有點不方便，我覺得日子還是過得相當愜意的。

為了做功課（我的中學和大學時代就是在那些小房間度過的），我想盡辦法找來了一塊木板和一張小板凳。

我拿木板用床沿和一把椅子在兩頭架起，就在上面讀書、寫字、創作。木板一放平，我的心就感到無比舒坦。坐在小板凳上，握着一管平價原子筆，我張開了吸收和想像的翅膀，在包租公一家的電視噪音和麻將聲浪中，向着高速擴大的天空飛去。

同學

同學，真是美妙的關係。

同學，又稱同窗。以同一種情懷，面向敞開的窗戶，逡巡於同一視野，分享享受着同一風景。

同學，又名書友。以書會友。浮沉歷史的海洋，仰首尋找同一顆極星；思潮起伏的灘頭上，伸臂圈成同一個弧形。真理的明滅，攫住我們尋索的眼睛。

同學，同師受業者。學問的源頭總一樣。今日仰望，見同一張臉；他朝回顧，想同一些人。老師年輕英氣的形象是會過去的，只有同學把這一切同時留在記憶裏。他的笑靨，他的皺眉，他的寬宏或小器，他的嚴肅與頑皮⋯⋯怎也走不出同學之間的議論或讚美。

同，就是一起。一起上課，一起逃學，一起到圖書館輪候狹窄但溫暖的位子，一起上廁所。秋天攜手闖教室，戰戰兢兢；夏日聯袂赴試場，大義凜然。苦樂一起嚼，把苦嚼成樂，叫樂者更樂的，就是同學。

　　同學，同時而學，同心而學。今天一同年輕，明日一起年老。此時談功課，他日說兒孫。這一夜，星月下，大家不約而同展示美麗的夢想；那一天，茶館裏，彼此異地重逢數算當年的悲壯。誰胖了，誰讓太太欺負了，誰移民了，誰變了……無不以共同進退的當日為衡量。

　　同學，同代求學。沒有長幼，也沒有代溝。如今一同時髦，往後一道老套。時代的顏色，髹在你也髹在我從一而終的衣架子上。我們的肩頭，永遠搭着當時流行的春裝。

　　到如今，不必知道誰在流浪、誰在躲藏，不必抱怨聚散無常；同學之同，永遠刻在我心上。

　　　1993畢業十五周年贈港大中文系同屆同學

獨處

漸漸迷上了獨處。

我心靈的眼睛，是一隻害羞的小窗，在別人的注視下，總不肯完全開放。她渴望完全的安靜、完全的自由。她喜愛那些短短的時段，空蕩蕩的像一張剛剛鋪上的白色桌布，上面只有零星的一杯茶、一本書、一封信、一點點思念與回憶。

童年時沒有小友伴，天天獨處。那時候父母不在身邊，我一個人跟庶祖母住在離島。她禁止我和鄰家的小朋友玩耍，怕我學壞；也不容許我到遊樂場去，怕我跌傷。我的思想空間，卻被媽媽寄來的書籍點綴得多采多姿。八歲到十二三歲這段不短的日子裏，我和自己相處得很融洽。我學編毛衣，亂畫圖畫，做白日夢……除了思念爸媽之外，從未覺得貧乏。

到了中學時代——一生中最熱鬧的日子，終於和獨處告別了。我希望到處都有好朋友，我強烈地需要

他們。如果一天找不到吃午飯的伴兒，就會難過得想哭，覺得一定是自己不懂得與人相處，以至被人排斥。那段充塞着種種課外活動的時光，獨處的時刻少得可憐，卻不知怎的，竟也是我最寂寞的年代。

上了大學，我再度與獨處一事狹路相逢。從紅磚古調的文學院走下來，我獨個兒上圖書館，到泳池作長途練習，到市區去買書——我自覺良好，但仍感到一種被迫成長的不甘緊緊尾隨。我一個人在電影院裏啃着爆米花，忍受過強的冷氣時，會希望身旁有人。寂寞，讓我感到自己正在高速成長。

如今當了母親，我卻強烈地渴望獨處。找缺少安靜的時刻。母親的名字是熱鬧。但人總不能一天熱鬧上二十四小時。所以孩子睡着了或上了學的時候，也是我暫時卸下年紀身份和責任的一刻。我在門上臉上都掛起「請勿打擾」四個大字。那時我禱告，閱讀，寫詩，栽花，小睡，發愣。有時還會吃一個橙，讓微小的空間充滿任性的果香。

請勿打擾——直至我回到小小的床邊，抱起那剛剛開始蘇醒的小傢伙。

情懷

　　八歲離開父母生活，一直到上大學，我還是擺脫不了一個意念：我還是八歲，還住在老家、和爸爸媽媽在一起——在香港度過的整個小學和中學階段不外一場噩夢，只要一覺醒來，就能夠聞到母親的枕頭的淡香……

　　因着這種情懷，現實生活總顯得朦朧遙遠；身邊的人事漂漂漾漾，去了又來，一日未成為回憶，就無法變得真實。丈夫、兒女、好朋友、我疼惜的學生……所有我最愛的人，即使已經領得我生命中每一角落的通行證，也無法探尋我心深處那古舊的情愫，而我相信那是上天賜給每一個人的獨特禮物。

　　一天，和女兒翻看她小時的照片。同樣是八歲的她輕輕說：「媽媽，我真想回到很小很小的時候。」我問：「怎麼啦？」她凝視着嬰孩時的照像，熱淚盈眶，用幾乎聽不到的聲音答道：「那時候你抱着我在沙灘上

走，天上的星星很多。你很愛我。」我聽着，體歷到一種很深很強的感動。我無法理解她何以記得自己一歲多時經歷的一個場面，也無法領悟那一夜在她心中建立的意義，只知道一種只屬於她一個人的情懷，此刻已經籠罩着她。我溫柔地提醒她：「媽媽現在也很愛你呀。」她挨近我，強烈的感情把她整個人攫住了。「我知道。但還是很想念、很想念小時候。」

她聲音裏的季節是屬於過去的，我們最好的日子，不也好像只能在過去尋獲嗎？那一年，那一次，那個人……晃晃蕩蕩的在夢境中呼喚我們，在我們候車、轉頭的剎那、夜讀的時候到訪，又或降臨在我們最忙亂最焦躁的時刻。這種種情懷，也許已經沒有甚麼歷史意義，卻鮮明而真實地把你的童年帶進少年、青年帶進中年，讓你能用另一個角度、另一種意緒去詮解。我們活在世事衝擊感官的今天，也活在記憶編織心靈的昨日，彷彿一座水中浮沉的冰山，用雪亮的稜角面向人間，卻把更多的溫柔藏在水平線下，留給自己享用。

也許正因如此，只要我們願意，人是永遠不能夠真正老去的；但老去，卻成為使人無法對應自己身份的可怕指控，稱之為現實。

鉛筆

　　打掃的時候，屋角滑出一枝鉛筆。我俯身撿起，吹去它身上的乾塵，才發現筆嘴處鉛芯已斷。

　　鉛筆刨轉出薄薄的木花，一串一彎，欲斷還連地垂落在紙上，黑色的鉛粉輕飄飄的灑落，有一種淒涼美。這枝筆一定已給摔壞了，木殼裏的精靈早已肝腸寸斷，無論我的手指多麼溫和地旋動，它都無法吐出一小截完整的心事，就像給傷透了的一個落寞人，讓失控的抽泣打斷了話語。眼看着它逐漸消磨，我的手冒了點汗。然而，寫不出字的鉛筆又怎能成就自己的名字呢？抖去鉛筆刨上的黑色粉末，我只好再接再厲。

　　當那光閃閃的黑色圓椎形終於穩定地打木環吐出，我手上的它，已經只剩下半截了。輕而小的四寸，就這麼乖巧地躺在我拇指和食指之間的谷口，顯得可憐兮兮，活像一個不足月的小嬰兒，睡在高大的父親的懷裏，那感覺雖然溫馨，看上去總覺得有幾分不相

稱。

歲月在記憶裏日漸溶解，有如長灘潮落，一度豐滿澎湃的，可以變得平坦又平靜。驚濤餘下的，可能就只幾枚本來屬於大海的破貝。我的手長大了，不再是四歲小孩白胖的嫩手，早已厚繭四佈，手指因過多的書寫工作而稍微變了形狀，而且瘦骨嶙峋。但如今重新拾起的這小小的一截童年，在我掌上竟依然溫暖，一如破貝仍舊蓄着大海深沉的流動。

也許我已不能記起自己甚麼時候首次拿起一根鉛筆了，但鉛筆確是我的第一管筆。小時候家裏沒有鉛筆刨，鉛筆寫鈍了，就得拿給爸爸或媽媽，讓他們給我把它削尖。爸有時用一塊刀片，有時用一張果刀，媽看見了，就嘮叨着説他不衛生。那時我站在桌旁，眼睛才高出桌面那麼一點點，看見的東西都偉大而神秘。爸的桌上有許多紙張、顏料和大大小小的畫筆，卻都是只許看、不許碰的，繽紛的東西好像總屬於成年人。我握着那根又短又單調而且必須削完又削的破筆頭，當然非常不滿。

鉛筆愈削愈短，自己卻長高了。我開始覺得那枝筆使我看來過分稚氣，不肯再用。筆盒裏慢慢添上了鋼筆、原子筆和新出品的自動儲水筆。我開始感到自

己重要、成熟，話語和文字都必須得到應有的重視。
母親和師長不約而同地指出我的書法退步時，我反感得
要命。

隨後的許多日子，我一直拒絕鉛筆，至少在別人
面前如此。但我又隱隱感覺到它與我有着不能否認的
初戀關係。當初母親的大手如何把着我的小手教我寫
「手」字，教我寫「土」字和「人」字，今日我就如何用
手，生長，為人。那截短短的鉛筆，竟寫下了我生命
中一段不可替代的、萌芽成長的光陰。

母親也教會我用鉛筆的最好方法：轉着用。尖的
那邊磨滑了，轉轉它就能找到較尖的另一邊了。如此
輪替更換，鉛筆自然削得較少，也就更耐寫了。當時
聽了，只覺得多此一舉，反正鉛筆便宜，削完可以再
買，竟沒有想到有許多東西是再也買不回來的。

長大了，讀到了莊子的哲學，才猛然省悟到自己
到底已經浪費了的是甚麼。如今我把着孩子的右手教
他們寫字時，一種奇異的心情會打自遠古的記憶偷偷潛
近。今天我更懂得珍惜的道理，是因為我已經有過失
去的經驗，但我那剛上幼兒園的孩子聽得懂嗎？

到了此刻，我好像才重新發現了它——我的鉛
筆。它的心是忠實而溫柔的。對我來說，世上沒有一

種筆可以像它一樣充分呈現我右手的輕重與緩急、陽剛與溫柔，並完完全全地展露出我的躁動和寧靜。且看筆鋒於紙上泗游：輕撇如水，重捺似鞭；二字之間藕斷絲連，卻又似有若無地串句成段、織段成篇。那鉛筆舞蹈着我的心情，簡直可以跳出一種用眼睛來享受的節奏。你或不忍心看到它易折易損，每每得削完又削，磨損青春，它卻是真實的；它不如原子筆耐用，也不及形形色色的大班筆滑溜，然而在我眼中，它的易傷和敏感正正使它少卻幾分機械，多添幾分人性。

我把手裏小小的它放到書桌的抽屜裏。說不定它還可以寫出一點甚麼。陽光瀉入屋子裏，飛塵閃亮。我這才看見斜倚在桌旁的掃帚：原來地還沒掃完，不知道是否還能掃出幾枝鉛筆來。

冤枉路

　　舊約聖經《箴言》說:「美名勝過大財。」英國靈修大師章伯斯[1]這樣詮釋這一節經文:「所羅門在這兒說的『美名』指的是『人格』,不是名望。『名望』是別人對你的評價,而『人格』卻是獨處時真正的你。一個人品格的真正意義,端在此處。」依此,我實在沒有甚麼品格可言。

　　小時候我想,所謂品格大概是指具備「對錯」的意識吧。只要行事為人做得對,就是有好品格了。但原來這也並不容易呢。記得媽媽說洗臉之後要先把毛巾用肥皂搓揉清潔、浸入清水、用力擰乾然後晾得方方正正的讓它風乾,否則會細菌叢生。但我太懶惰,嫌麻煩,幾乎每天都隨手一勾上就跑去玩了。但我清楚知

1　Oswald Chambers(1874-1917),蘇格蘭著名基督教牧師,靈修大師。

道這是不對的。那是我第一次感到自己做錯了,可是惰性太強,「心靈願意而肉體軟弱」[2],沒去改過,小毛巾就漸漸變臭,不久就得換掉。

一次錯了而沒有嚴重後果,錯事就陸續有來,而且越錯越大、越錯越多,越錯越離譜;我陽奉陰違、文過飾非的技術也越來越爐火純青,很快就成了老師眼中的乖孩子。瞞過了,心裏卻不安,有時會立志改過 —— 但改過,最好落實於大時大節大日子(隆重其事嘛),例如九月一日。但新志向甫出現就開始凋謝,漸漸消失,幾個月後,又忽然在元旦重生,繼而再度枯萎。像小朋友浸發的綠豆芽,從來沒有長成植株的,更遑論結成豆刀、吐出果實了。可是那時的我總認為只要自己長大一點就好,長大一點自然有能力改過,我一點不焦急。

少年時代,我一面希望把錯的定義收窄至「殺人放火」,一面無法控制地向着「殺人放火」的方向走過去。那時我認為遲到不是錯,只是閃失,而對方的同樣遲到自然能夠抵消我狼狼趕來連連道歉的「樣衰」。那時我認為不交學校作業不是錯,只是作業佈置不合適,算起

---

2 此語來自新約聖經《馬太福音》二十六章四十一節。

來，學生少做一份，老師少看一份，豈非雙贏？只要我能考上大學就可以抹掉一切、從頭再來。上了大學，起不了床上早課沒有錯，那是身體狀態不佳連累我，也是安排八點半課堂的諸位教官不人道。應該溫習時我總要在圖書館睡覺，我沒有錯，因為一切後果責任我自會面對承擔，但當時我很少聽見有大學生要為懶惰負責的，因為懶惰既是常態，大家很正常，我自然也再正常不過了。

有了成人的權利和權力之後，錯誤更排山倒海地湧過來。我發現我的驕傲一旦凝聚就無法化解（哪怕我看不起的只是個最討人嫌的同學），我的物欲一旦啟動就無法停下（哪怕我迷戀的只是一枝好看的原子筆），我的偏見一旦形成就無法糾正（哪怕我恨的只是個不認識的傢伙），我最會「憎人富貴厭人貧」，當然也經常容許自己變得嫉妒和虛偽，肆意地自私自利，錯誤堆裏當然包括我當年以為一旦長大就會自動消失的「懶惰」和「諉過」等等內置功能。最後還會用一句撒賴的話來總結：人就是這樣的了。我自然還沒有膽量具體真正地殺人放火，但我不能說我不想。我想殺的人多着呢，何況點幾把火？如果我所接受的新年祝福都能實現，那一張寫着「從心所欲」的揮春一定成為老練的血滴子，

「萬事勝意」那一張就更可怕了。

可是，糊里糊塗地，我竟成為老師了。每次我問學生為何遲到的時候，心裏不免有點虛怯，想起當年的自己。我不能不接受現實：我必須在誠實與榜樣之間的狹窄隙縫中尋找老師的位置。愛默生[3]說：「人的際遇乃其品格的果實，人之友群乃其魅力之所在。」（《命運》）這話深深震動我。如果說我當老師有何優勢，我相信只有一種：那就是我比較容易原諒我的學生，並且感到今天的年輕人還是很有希望的。當我指着個人生命的地圖，把自己走過的冤枉路用紅筆標出，幫助學生從那複雜的路網中檢出一條狹窄的直線（或只記住一個大略的方向），我所犯的一切錯誤，除了教我在上帝面前日日謙卑悔改之外，就更有一點另類的積極意義了。

---

3 Ralph Waldo Emerson（1803-1882），美國十九世紀散文家、詩人。

眾 鳥 欣 有 托

家庭

讀中文，是因為母親

　　家母宋慕璇女士是我的啟蒙老師。我不是聰穎的孩子，五六歲才有清晰的記憶。對母親的第一種深刻記憶是她教我寫字的情景。她的毛筆字寫得十分漂亮。她說，每逢起筆、收筆和拐彎都須用力；還說，要把字寫好，得記住歐陽詢這個名字。這些話我一生都沒忘記。

　　我八歲離開母親到香港來讀小學，跟庶祖母住在長洲，再沒有人教我寫字了。但是，我還是定期收到母親從廣州寄來的書。《講故事》雜誌每期都有，散文小說卻很少。那時文革開始了，母親在內地受了不少苦，希望我讀理科。於是，在我拆開的包裹裏，總看見《蛇島的秘密》、《三個宇宙速度》、《眼睛的衛生》等科普作品。她說文人要面對的危險太多。不過，她忘記了，我每年暑假在廣州所做的事就是偷偷看她藏起來的《紅樓夢》和《西遊記》。閒談的時候，她隨口可以念

出辛稼軒的詞和曹雪芹筆下的寶、黛、探春之作。《林海雪原》和《歐陽海之歌》也是我從她書架胡亂拿下來就看得津津有味的長篇小說。她不曉得我回到長洲時還會看瓊瑤和依達。因為母親的影響，我小學畢業前已經看了幾百萬字，還有很多詩詞。

初中時，我因《中國學生周報》迷上了余光中的詩，喜歡上可愛的陸離，甚至會去多實街瞧瞧周報的社址（那時我在九龍塘的有錢人家給小孩子補習）。爸爸問我余光中是不是明星，我哈哈大笑沒答他。母親在穗城也從未看過他的文字，就叫不如看魯迅。說着說着，我已經進了港大文學院。母親嘆息我沒法做得成醫生，但嚴嚴吩咐我不可以嫁給醫生，原因是醫生身邊的年輕護士太多。我笑她迂腐，她卻說這是為你好。可是，她不知道，若不是她，我根本不會念中文。

進了中文系，我更愛詩詞了，常和母親分享自己喜歡的作品。我偏愛唐詩，母親則更常讀宋詞；她欣賞蘇、辛、晏、李，我卻偏好周邦彥。那時我深受羅忼烈教授的影響。羅老師最愛周詞和杜詩。母親和我的品味開始有了點不同了。

後來我念哲學碩士，對象是李賀。母親其時已來港生活，一次她去看她的堂叔叔宋郁文老師。宋老師

說，別讓女兒讀李賀，應該讀杜甫，怕這會對她的性格產生不良的影響。母親回來很憂慮。她不知道，羅老師給我的作業是讀《全唐詩》（我當然沒做得完這功課）。李賀只寫了二百多首詩，杜甫創作過千，我讀的杜詩確實較多。我從未跟母親拜謁這位名滿天下的叔公，但我很感激他。

臨終幾年，母親一直在尋找她的祖父（我的太公）——《共和報》創辦人宋季輯先生的資料，甚至找到台灣去。那時我上網搜尋過，卻不得要領。她很愛爺爺，因為他在她幾歲大的時候說：「慕璇是我們宋家的千里駒。」母親引以為榮，對此念念不忘。

如今，母親辭世已經十年了。我在網上找到了太公的資料。未能為母親圓夢，我心中有愧。如今每夜對着歐陽詢的帖子練字時，總想起她。

春江水暖鴨先知

　　深水埗汝州街上有一個小廟苑，裏面胡亂擺放着些水桶和晾衣工具。內有兩個小廟，一奉北帝，一拜哪吒。這忽然冒起的紅磚綠瓦，在新廈舊鋪之間特別地惹眼，像年畫上的大紫明綠；但是，廟門內捧奉着的卻是大團黑暗，裏面物件家具模糊不清，三數黃燈，搖搖晃晃吊在寶殿上。我往裏看，總不見人，只看到廟堂深處有一團圓形的白光。原來是個小窗呢。窗的那邊，就是整個深水埗的焦點所在——鴨寮街了。廟門上掛着一雙對聯：「驅除癘疫何神也？功德生民則祀之。」人道主義得很。真的，深水埗的世界觀，給這兩句話說盡說透了。但是，比起這小廟供奉的神，鴨寮街好像更有「生民之德」。數十年來，這條街養活了許多人，但從未要求那些寄生於自己身上的人回頭膜拜它。

　　有時「走進」了鴨寮街，才省起自己一直就是沿着

鴨寮街走來的。真的,鴨寮街長得難以置信。但只有
給南昌街和桂林街垂直切割出來的這一小截,才是「真
正的鴨寮街」。二十多年前的鴨寮街像甚麼呢?像一塊
褐色刺繡的底部,刺着密集的針步,整個圖案凌亂得
教人暈眩。最惑人的,是那上面的線頭全都好像有生
命似的,尾巴給扎死在泥裏,蟲一樣掙扎蠕動,不停往
上拉扯自己的身體。那時父親在鴨寮街上有一個小攤
子,賣無線電收音機。我放學去找他,每次都要跨過
大大小小許多攤檔。它們擺賣的東西很奇怪地聚攏在
一起:收音機零件,男裝原子襪,專門照給懷孕女人看
的嬰孩相片……,組成一種夢一樣的雜亂無理的召喚。
大熱天,聖誕彩燈在驕陽下一閃一閃喘着粗氣,雜誌封
面的裸女卻因為年代太久遠、面孔過分端莊而顯得滑
稽。

　　不知何故,來看的人好像都沒有購物的意圖。真
正來買東西的,總是匆匆趕來、一聲「老細」之後說出
要找的貨物。攤主自然也乾淨利落地呼應一聲,從自
己口袋深處或攤子的底架找出他要的東西來。顧客匆
匆離去,有時竟也不見他付錢。他走了,「老細」依然
繼續同鄰攤的人瞎聊,聊得高興了,有時索性各自放下
攤子任由它晾在驕猛的太陽下,一拐彎就躲進那街角的

茶餐廳「涼冷氣」去了。

我常常校服未換，就隨着父親去喝奶茶。茶餐廳有點髒亂，紅棕色的基調，防火板的質料，人不多，全是熟客，桌上鋪着磨得花亂的淡藍色厚玻璃，上面的水漬茶印、煙蒂糖粒；給伙計濕濕的大布一掃，就變成一畦小小的空間，使休息的感覺油然湧動。伙計與茶客邊聊邊罵，聲調激昂，最後一方拋出一句粗話，大笑着分開，喜怒情仇就此了結，絕不拖泥帶水。坐久了，會有地拖掃過你的鞋面，鍍造的痰盂心慌意亂地跳。我挨在父親身旁吃奶醬多，把多士揭開，一分為四，小口小口地咬。吃着吃着，就感到淒涼。那時總覺得午茶的時間太短，而少年的日子呢，卻太悠長。

回到小攤，父親坐在一張木凳上，拿着抹布不停擦拭那些五顏六色的塑料機殼。客人來了，站在前面，一站就站好久，也不議價，只怔怔看他工作，好像這樣就能從生命過多的空白中得到拯救。父親有時會看看眼前這微禿的中年人，胡亂説一兩句話，例如「這天口，真熱，易病」，或「性能比新機還好，拿去看看」。不過更多時他只會看對方一眼，看那男人把手從袋裏抽出來，換一個姿勢，又繼續他站的工夫。

湧動的人潮滲入了攤子之間尺來寬的「通道」，眾

人很諒解地互相推擠，又互相忘記。過客如此，在這街上過日子的人也一樣。一次在街頭碰見父親一個朋友。我平日叫他叔叔。他向來可親，黃棕色的寬臉上是開闊光亮的前額，下頷鬍子隱約地生長着，一看就知道是個能吃苦的人。我見他迎面走來，就跟他打招呼。他燦爛一笑，忽然用力擁抱着我，渾身酒香灌入我的鼻孔。我已經讀初中了，意識到發生了甚麼事。下午兩點多，陽光狠狠煎炸着街道。我一聲不響，極力掙扎。掙脫了，與他面對面站着。他變回平日的叔叔，晃晃蕩蕩地切入花亂的人流，消失了。我平靜地走回家，卸下書包，做功課，然後開始燒飯。許多年後，我把這事告訴父親。他聽了只沉思一會，說那位叔叔原是個好人。我點點頭，心中一個小小的死結給扯散了，綁繩上面只剩下微彎的形狀，如同一個習慣。但在綿長的歲月裏，我漸漸感到自己的肩頭出現了一種奇異的痕癢，好像那地方要快長出翅膀來。我是一定會離開深水埗的。

深水嗎，是不能測透的液態寒涼？是虛柔的水的狡猾？而鴨寮呢，總有鴨的毛屑在空中亂舞，糊了視線，混了空氣；鴨糞無孔不入地描述着呼吸的味道。我多年堅持着離開的念頭，但許久之後，我發覺自己是

不可能離開的。熟悉和擁有原是同一種感情，而愛和叛逆，也不過一種觸動的兩面，人長大了，漸漸曉得了。住在深水埗的人，一生汩混於此，老是想逃，但總有那麼一天，我們發現自己原來更不習慣水清無魚的寡淡。深水埗是我的故鄉，而故鄉是天父的恩賜，從來就不是意志的選擇。在深水埗住久了，會從飄零寄居的不安之中體味出落腳的安全和慵懶，而這感覺，又令其他一切地區成為新的飄零與不安。所以搬來搬去，我還只不過從鴨寮街搬到了美孚。自歲月的這一頭回望，一切變了，卻也未變，我不過一直走在鴨寮街上。這一截走來比較安靜，但也單調多了。

餘溫

　　我不大知道自己為甚麼想把外婆忘記，只曉得那顯然沒有成功。她經常入夢，在那裏如常洗掃，沒話。但在她的來回走動中，我又肯定她已向我說了一點甚麼。

　　我五六歲的時候她仍健在，每天把我從學校帶回家。幼兒院側立在穗城一條小小的青石巷子裏。可能附近有一口井，石板子經常是半濕的，給行人的鞋底磨得光滑；黃昏時軟綿綿的白太陽爬到上面，總在閃亮。我用力踏上一塊翹了頭的長板石，卡塔一聲，這一端陷下去了，那一頭就彈跳起來。在旁啄食的母雞給嚇了一跳，愣一愣，咯咯叫着，應酬似地稍稍躲開一下，又繼續埋首亂啄。外婆在我背後走着，我們都沒話。後來我明白到，那個時候我們都很寂寞，她知道我的心事，我卻不明白她的。後來她去了，我經常在記憶裏追蹤她親口說過的話，卻老想不起來；只記得我教她用

普通話唱歌，她就努力學，一面替我洗澡，一面嘰哩咕
嚕地跟着我唱，笑得我把水都濺到木盆外，弄得滿地都
濕了，外婆自然也濕了一衣襟。許多年後我仍清楚記
得的，是她用刨花水梳得遇風不亂的髮髻。媽說老人
家的頭髮很少如此濃密而烏亮，這一把髮足足兩尺，自
在地垂在肩頭，捲起時卻又貼又薄又勻稱。除了看她
梳頭，我最愛看外婆練毛筆字。她把我的九宮格紙藏
起，只許我們用舊報紙寫。記得她最愛寫「飛」字，說
這字難佈。但她真的很少說話，我一直想不起來，想
不起她究竟說過些甚麼。然而我又曉得，她確曾站在
某些路口上，領着我走。那天下課，我用力把書包和
大衣都塞了給她，一面走一面抱怨。為了要她切切實
實地聽到我的不滿，我面向着她，讓屁股領着自己往後
走，向她發炮：「誰不知道！你們就愛她長得胖！我聽
見你們說她的臉兒紅，眼睛像在笑。你們就只疼她！
誰不知道？有了妹妹，你們就不疼我了，還要整天罵我
不乖……」記憶中她沒有回答，只走路，步很細，所以
也很急。我哭糊了臉，一面叫嚷，深深相信自己是淒
涼的，更希望她知道我傷心，前來抱我。我這麼一直
用腳跟帶路，走了一段，愈鬧愈無法自制，終於踢着了
一片翹頭的石板。撲通一響，待我來得及看，已經一

屁股跌坐在一盆水裏，褲子全濕了，心也涼了，嚇得不敢再哭。一看那水，黑得像墨，上面浮着七色油層。一個叔叔衝上來把我抱起。他的手很髒，原來他正在那裏修理自行車，那水是洗車鍊用的。

外婆沒笑，吃晚飯時仍擔心我受涼了。爸爸媽媽卻笑個不停，二十年後仍嘻嘻哈哈地講着那事。故事還未完，往後我仍然嫉妒妹妹長得好看、惹人喜愛。夢裏常是那種場面：爸爸媽媽拉了弟妹的手去買冰棒，把我留在梯口。濕枕上摸黑抹淚，我忽然想起我們都已長大了，姊妹倆分開生活，已有二十四年。

這時我就會想到外婆如何走來，站在我身後，用一條濕暖的毛巾給我揩臉。夢醒時留戀夢裏的感覺，那感覺卻像長灘潮落；再湧上來的，只是零碎的破貝與細沙。我又看見外婆走路的姿態了。她很瘦，卻不矮，腿極細長，裹在黑綢子褲管裏，只露出足踝對上那麼一小截。她以一種工筆的、密集的動作往前走。這時我知道我是愛她的。閉上眼，我完全可以憶溯她腳趾的形狀，和它們如何緊密地排列着的樣子。那種乾爽清潔，忍耐又有秩序的感覺真好。蜷在大大的床上，我還看得見她腳底的厚繭和紋路。於是我好像都懂得了。懂得她怎樣提攜了公公小妾的兩個兒子，教

他們認字，還老遠跑去照顧他們生病的媽媽，那個我喚作「細婆」、搶走了她丈夫的女人。

自學校請假回穗，外婆已奄奄一息。葬禮時飛灰滿地，親友零散地站着，只十來人。風極急。爸留在九龍，怕丟了工作。妹妹扶着媽，弟弟站在我背後。儀式裏我被周遭的光影逼得哭了一場。那時我着實沒有傷痛的空隙，只覺得混亂、可怕。回家後，我才開始感覺到死亡的含義。走在花磚長廊上，我猝然想起，那片打自高窗投來的陽光裏，從此再聽不到外婆敲碗喚貓的聲音了。我們已沒有選擇：我們無法選擇她回來。我站在那裏，猛然感到傷心，卻也為那種突如其來的情緒感到驚訝和尷尬。外婆走了，只一把灰，如同光柱裏無定的飛塵，不常見得着，見着了也無法抓牢。

如果在那偌大的祖屋裏，深夜仍有洗擦的水聲和打碗的碰響，那不再是外婆了，是妹妹在繼續她的家務。妹妹一直相信外婆最疼的是她，我卻肯定她最愛的是我。

我從不真正嫉妒任何人，因我深信上帝已待我甚厚──就只妹妹。我感到深刻的妒忌，對她。因為就在她把洗淨的杯碗逐一疊好、把晾衣竹架到陽台外的時

刻，我就明白到自己的愛是殘缺不全的。外婆常用那樣慈藹的眼色告訴妹妹：「姐姐在香港念書辛苦，這才回廣州一次，你可別讓她做家務。」於是妹妹就搶過洗好的衣服，用手摺疊。「姐姐，我來吧，你不知道往哪兒放。」她手腳快，和幾年前的外婆一樣。我看着清潔的衣褲消失到抽屜裏，心就酸了，竟流下淚來，把睡枕弄濕了一大片。醒了，原只是一湛將曉未曉的天色，夾在晨風拂拂的垂簾間。一息間，我已面向着西營盤和青石巷的距離，歲月的距離，生死的距離。如今站在無比深龐的谷口，我只是群山萬壑中一個無力的呼喚……但我同時感到，枕褥之間仍留有外婆生命的餘溫。我的母親，曾是她暖懷中酣睡的小嬰兒，每一幼小溫軟的呼吸，都會掃過她的寂寞的眉睫。我翻過濕枕，伸手撫着柔軟的床布，再度睡去如一個從未有過噩夢的孩子。

後記：

外婆有一個動人的名字——啓倩。妹妹別名倩怡，就是為了紀念她。倩怡深愛外婆，從她那裏學習了善良和忍耐。我無法不嫉妒她，卻無此顏面。直至外婆去世，我還沒有想過自己應當如何回應她

的愛。省起時，外婆已在另一世界了。妹妹，卻在許多方面，以自己的生命把她存活着。

雋雋來了
——二則

(一) 出院

產後我抱着小雋雋回家，心裏惦着瀚兒。他出生以來，我們從未分開過，這次一別就是六天。他也惦着我嗎？

小雋雋早到了十天。我們擔心的事也早到了十天。瀚兒才一歲一個多月，就當上哥哥，媽媽抱他疼他的時間只餘下一半，他受得了嗎？那個當媽媽的我，吃得消嗎？每想到這裏，我就非常憂慮。計程車上，我好珍惜餘下的時刻啊。住院六日，可能就是我可以全心全意地照顧小雋雋的唯一時間——她出生後的頭幾天，竟像我的第一個孩子，枕着我的臂彎，小臉側側抵住我的右頰，又暖又軟的，輕熱微紅地睡去了，小小的呼吸掃着我的鼻子。她這麼小，這麼小而溫暖……

　　但仍未會説話的小哥哥，將用怎樣的眼神去接納這親暱的姿態？我的那片臉頰，原來全是他的啊。站在家門外，我把熟睡的小女兒平放在左臂彎，用右手推門，希望馬上迎向屋子裏剛會走路的那個小男孩，那個搖晃着興奮奔來的小男孩，那個第一次學會高聲喊媽媽的小男孩……

　　「噓……」屋裏的人一面開門，一面暗示我們不要吵。小哥哥正在睡午覺。又圓又黑的小腿兒橫在地面的蓆子上，長睫近眼角處捲起來，黝黑泛紅的小腮幫兒抵着草蓆子，把小嘴巴擠得更小了，兩臂微張着，半露出前面的兩顆小兔齒。

　　我抱着小女兒蹲下去摸他的臉。他皺皺眉，做了個不耐煩的表情，又繼續睡去。大家都笑了。

　　小雋雋哭了起來，我們忽然驚覺，這房子裏從今又多了個小主人。焦點多了就不再是焦點，重要的卻是彼此之間的關係了。我站在兩個嬰孩中間，更感覺到一種獨一無二的微妙情緒。我不相信俗世所説的緣分，只覺得在那龐大又細緻的安排裏，佔着一個自己挑選的位置──主動也好，被動也好，都不打緊了，為了「媽媽」這好聽的名字。

（二）名字

誰的名字都有來歷。孩子來了，我的名字變成了「媽媽」，振榮的就變了「爸爸」。一年前瀚瀚出生後我們突然就這樣互相叫喚了。雖然從來沒有人這樣喚過我們，那稱呼卻非常親切貼心，像是我們與生俱來的名字。

小妹妹來了，瀚兒的「BB豬」也逐漸消失了，不久就變成了「哥哥」。他仍未會好好說話，就懂得指着自己的照片，告訴別人說：「哥哥，哥哥！」

至於小妹妹的乳名，得來不易，卻充滿傳奇色彩。我抱着她出院那天，瀚瀚午覺醒來，看見小床上躺着個熟睡的小東西，興奮詫異得站在床沿呆住了，指着小雋雋嘰嘰咕咕地說了一串話。奶奶和姑姑都笑了，可誰都聽不懂裏面的意思。我站在他旁邊，彎腰向他解釋，這小嬰兒就是他等待着的妹妹。

但只有十三個月大的小哥哥，又如何聽懂得呢。他瞪圓了眼睛，忽然看到雋雋伸懶腰了，驚呼起來。大家又笑了。奶奶搶着教他叫「妹妹」，姑姑在旁加把勁，說那是「BB」。瀚兒看着她們興奮的笑臉，張嘴學說。他對自己感到興奮的事，很用心學，何況那是個

會動會哭的小人兒呢……

幾天之後，他終於把「妹妹」和「BB」的發音結合起來，喚出了「咪咪」。以後大家都喚雋雋做「咪咪」了。後來當然又變出一些花款，比如「笨小咪」、「傻咪」、「咪咪豬」……

「啊，是個英文名嗎？」朋友溫柔地問：「Mimi？」

「不，是咪咪，念作MeMe。」

「啊，是咪咪。」朋友說：「啊，MeMe……」

咪咪就是雋雋，那後來長得又像企鵝、又像小鴨、又像兔子的白胖小女孩。

城市孩童

假日，一家人到長洲去玩。才步出碼頭，十歲的大兒子何瀚第一個叫將起來：「媽媽，這個地方可真落後啊，看，又臭又髒。」

我一聽就生氣了，這孩子，竟然對我長大的地方這麼不敬！本來一心帶三個小東西回來看看自己的童年痕跡，想不到他出言不遜，把我氣壞了。為了不傷和氣，我轉頭對九歲的女兒說：「雋雋，你呢，這地方還不錯吧？你看多有風味。」

她看看我，又看看她哥哥，只輕輕說：「媽媽，我想喝汽水。」五歲的小何岳立刻附和，舉起手叫道：「我看不如吃雪條！」

我一大堆甚麼人要飲水思源、不可看不起人、要學會欣賞等教訓，被他們你一言、我一語地窒礙在喉頭，真是愈想愈火。正要發作，他們爸爸搶先開口：「噯，甘蔗，看起來很甜呢。」孩子們見有人撐腰，竟

肆意歡呼。我還道他要幫我教導孩子呢，原來一樣饞嘴。我終於忍不住大叫起來：

「好，好，好極了，你們吃個飽吧！都是城裏的紈袴子弟，就知道享受！」

振榮和孩子們的心思，早已飛到冰棍甘蔗上去，我一吼，他們嚇了一跳。「我回來是尋找過去的，可不是來吃吃喝喝的呀。」

「找甚麼？」小何岳道：「媽媽你丟了甚麼呀？」

大家一聽，都笑了起來。我雖然滿肚子氣，也忍不住莞爾。大夥兒見我息怒，又蹦蹦跳跳地上路了。

路上，我們談到野營。爸爸是野營專家，不住地談他那些帳幕啊，營釘啊……，瀚兒聽得很興奮。我故意調侃他說：「你這小鬼，沒冷氣一定睡不着。」雋雋一聽見這話，接着道：「可能會有蚊子……和……蛇的，是嗎？」爸爸為了嚇唬她，乘機說：「有，當然有！還有狼呢。」她聞言馬上拉住我，驚呼起來：「對啊，我有一本狄斯尼的漫畫，畫的就是唐老鴨露營讓狼追的！」她說話時模樣認真極了，弄得一向自認精明的哥哥也糊塗起來，偷偷問他爸爸：「真的嗎？」

我倆相視而笑。住在城裏，滿以為小朋友必然見

多識廣，哪裏想到他們那麼「大鄉里」——不，應該叫「大城里」吧？

小何岳聽見眾人都講出了自己擔心的事，也來一句：「媽媽，露營的時候我們都睡在草地上嗎？那些草啊，泥沙啊，可會扎痛我的呀！」

「別擔心，我們是睡在睡袋裏的。」爸爸安慰他。我一時頑皮，加了一句：「你知道用睡袋睡覺是怎樣個睡法？」

他搖搖頭，一臉茫然。

我為了逗他，也裝成專家的樣子說：「用睡袋，是要站着睡的。」

「噢。」他看着我，半懂不懂的模樣，眼睛裏充滿羨慕，也充滿懷疑。良久，他用最小的聲音問道：「媽媽，站着睡不大像睡啊。我……」

哥哥姐姐和爸爸別過臉去笑，他沒看見，因為他正在全力思考睡袋的問題。我氣他：「那你不能用睡袋，大概不可以跟我們去野營了。」

「我去，我去。用睡袋的時候，我……打橫站在地上好了。」

一家人又哄笑起來。長洲一天，就這樣糊里糊塗地度過了。

我們家的三個城市孩子，來到了小漁村，想不到
竟然享受到一種另類的無知、另類的快樂。

皺眉與笑靨之間
── 從沒想過生活會是這樣的

　　半夜驚醒，一臉是淚。振榮給我嚇醒了，問我夢着了甚麼。我告訴他：「我夢見你對我說：『我要跟你分手了。每天上班下班，趕得要命，回家還得照顧三個孩子，我吃不消了。人應該常常可以讀點書，做點運動。我走了。』」我傷心得大哭起來，卻喚醒了自己。晨光熹微，六點了。我爬起來改學生的功課，振榮吃了傷風藥，仍睡去了。

　　考大學時，我頂多讀三小時的書，那算是極用功的一天了。之後不是到游泳池去，就是回校打球、聊天甚麼的。今天的自己，八小時日間工作外，還得接孩子放學，帶他們去見醫生，到處找尋那買不着的維他命丸，上市場，給三個小東西洗澡，回答他們永無休止的問題，在他們爭執時充任法官。孩子睡去了，還得寫稿，改作業，備課……滿桌子工作等我去做。這還沒甚麼，一旦家裏有誰病了，就更手忙腳亂。大哥哥

流鼻涕，小弟弟跟着就會發燒，中間那胖胖的雋雋小姑娘就會趁機大肆咳嗽。這才從大夫處回來，又得再走一趟。最近雋雋竟患上了一個罕見的病，全身淋巴組織腫大，肺炎、肝炎隨之而來，必須住醫院。我跟在她身邊，擔心得要死，吃不下，睡不牢；她出院了，自己也就又吐又瀉的躺了好些天。桌子上的東西愈疊愈高，一顆心卻愈沉愈深。

從沒想過生活會是這樣的。應付，應付，期限，期限，電話裏永遠是催促的聲音──有些是溫柔的，帶點歉意；有些則生着氣，教人難受。從沒想過自己一天頂多只能看三數頁書，在地鐵的車廂裏；從沒想過整個夏季只游泳三次，真不堪提起自己以前當過運動員。

有一個人，每月賺一百塊錢，但只須用去九十九塊，他覺得很幸福。有時他把剩餘的一塊錢也浪費掉，那也沒有甚麼，他仍然很幸福。

又有一個人，他得用的錢並不比前面那個多，只是每個月一百零一塊。可他非常痛苦，他欠的債愈來愈多，不能自拔。

忙碌也一樣，和貧窮一模一樣。當你無論怎樣努力，都趕不上工作來找你的速度，你就會很苦惱。於

是你去借——問婆婆借一點，請她照顧小孩半天，讓你去開會；問丈夫借一點，叫他送小朋友上學，讓你上早課；問孩子借一點，「今天晚上不講故事了，請體諒媽媽。」——然後躲到房間改作業去。

終於，這樣的事發生了。瀚兒班上去旅行，我忘了，他爸爸也忘了，只如常送他上了校車，沒給他預備食水和零食。五歲的他只好向小同學借。接他放學時，我的心內疚得要粉碎了，晚上摟着他哭。小東西竟然拍拍我的背，說道：「媽媽你別哭，這不是你的錯。」

得用一百零一塊錢的人哪，你的債主就是不向你討債，你的良心該怎麼安放？

皺起的眉不能讓別人舒服，秋天的陽光這樣對我說。抽口氣，提起公事包，我又一次狠心擺脫了那伸向自己的小手，大步出門。用功點，說不定這個月可以掙一百零二塊錢。

地鐵裏看一篇散文，空課時寫一點東西，走快一點趕早一班車，說不定就可以早些抱抱已經學步的小何岳……

當然我的保險庫裏還有無價的資產——瀚瀚調皮，卻有愛心；雋雋倔強，卻很獨立；岳岳健碩，也極開

朗；振榮與我把生命結合得更緊密、更深，這一切，都使我成為世間上最富裕的人。即使得用上一生來還債，也是義無反顧的。

只要仍有人給我擦去夢裏亂淌的淚水，我還是會常常笑的。

散學歸來早

生活

拒絕孤單

　　黃昏下班回家，小女兒擁抱我，說：「你們回來了，這真好。」才說完，就拿起故事書，把自己藏到沙發的臂彎裏去，臉上還掛着粉紅色的滿足。

　　她曾說過這樣的話：「媽媽，就是還差一個人沒回到家裏，我都會覺得不開心。」她在生活上相當獨立，不是那種苦纏媽媽整天撒嬌的女孩，只要大夥兒聚在一塊，她就會恢意地回到自己的角落裏，盡情享受那安全美好的時刻。

　　有愛相伴，非常甜蜜。但那必須是一種真正的同在，而非「人有我有」式的「埋堆」，也不是生硬的人為組合。在群體中，你若無法擺脫強烈的自覺，渾身不好過或感到寂寞，那麼你可能從未懂得「屬於」的道理。

　　習慣晨運的老婆婆、老公公，身體一般都很強壯。我以前常常奇怪他們一把年紀，竟有這種鍛煉的意志。後來觀察多了，發現他們風雨不改地「上山下

海」，動力不在運動帶來的好處，乃在群體的內聚力。晨光熹微，幾個老人拿着趕蛇的手杖，沿着綠意盈盈的山梯拾級而上，一面談着市場的價格、家裏的小孫子、電視上的包公，一面數算媳婦兒的種種不是，可不是很有「青春活力」嗎？

同樣，《包青天》好看，不光因為故事裏的包公天天帶給我們做惡懲奸的痛快和天助義人的肯定，也因為開封府那完美的組合叫人感情投入：看，那裏面有誠懇親切、大義凜然的包大人；冷靜精明、儒雅自信的公孫先生；武功蓋世、感情豐富的展昭大俠；還有張龍趙虎王朝馬漢這些一等一的嚴明勤快執法者──這是何等和諧、熱鬧的場面啊！看電視的時候，叫我們最興奮的，大概不是製作的素質，反是我們內心希望和「這一群人」認同的感情。

一個人如果家庭破碎，沒有從屬的圈子或知心好友，日子一定不會過得愉快。那就像一個人在外頭拼命打仗，但缺乏後方的支援一樣。面對這可怕的孤單感覺，成熟的大人尚且覺得痛苦不堪，何況是小孩子呢？

所以，任何時候讓小朋友覺得無援無助或無家可歸，都是我們的罪，社會上每一個人都罪責難逃。

赤足情

　　念小學的時候，老師問我們回家後先做哪一件事，同學的答案大都是陳腔濫調，包括吃飯喝水洗澡做功課。一個沒有舉手回答的女孩子，在下課路上輕輕問我：「真難懂，你們回家後不是先脫掉鞋子的嗎？那才舒服的呀。」

　　許多年後，我穿上線條優美、後跟略高的所謂斯文鞋子咯咯咯地上班，才體會到這位害羞寡言的同學話裏的智慧。每日黃昏甫進家門，第一個動作就是解除腳上的層層約束，先用勁扔掉固執死硬的皮鞋，再脫下密不透風的絲襪，把一整天委屈在固定位置上的腳趾伸直、張開，然後放在冰涼的地板上接受木質的觸摸。

　　皮膚觸地的一剎那，由腳掌流向全身的是純真的滿足、具體的自由和透徹的安息。脫鞋，成了一種真實可感的享受。家庭的接納和隱私權的體現，在赤足着地的當兒立臻圓滿。那種感覺，真是說不出地美好。

最喜歡親吻嬰孩的小腳。未經人體的壓力，未陷鞋履的囹圄，當然沒有厚皮和惡臭，只有胖嘟嘟的小趾頭珍珠那樣透發着乳膚的粉紅和乳兒的體香，怎不叫人神魂顛倒、武裝盡解？家有幼孩的，無不地台滑亮，甚至鋪上毛毯，讓那些圓渾的小腳踢踢踏踏地寫下人生最早的遊記。可是人漸漸長大，生命中赤裸敞開的地方愈來愈少；密封的心事尚有偶爾流露的一刻，列隊而立、規行矩步的腳趾呢，則永遠躲在意大利真皮的預設形態裏頭，或方或圓或尖地呼應着歐洲設計潮流的浪峰。相對於挺立的高大自我形象，我們腳上的痛楚顯得微不足道。有人說，人生路的特點就是崎嶇難走，我們卻懶得過問：這是因為路上沙石太多，還是因為足下捆綁太緊？

夜深人靜，雙足終能與床蓆親暱廝磨的一刻，我就會想起那位小書友清秀安詳的樣子，想起與她一同走過的山路，和離島上到處跑跳的赤腳孩童。半醒半睡之間，我甚至已經脫去鞋履，一步一步地踩在東灣被陽光熏熱了的沙粒上，讓腳掌四周沒入細密的廝磨，讓成長的疲累沿着那溫柔而直接的痛楚，慢慢釋出……

殺蜂記

　　回到睡房，才亮了燈，就聽到一陣連綿的嗡嗡暗鳴。仰頭一看，怎麼竟是一對沒頭沒腦的黃蜂兒？我迷糊地放下了書囊，看呆了。牠們透明的薄翼高速顫打着空氣，只留下朦朧的軌跡，但清晰的聲音纏綿不去，怪癢耳的。這雙飛行高手矯健靈敏，無論前衝、急止、拐彎、掉頭都純熟有致；但牠們奮身追撲的目標，竟只是一盞毫無裝飾與香氣、且塵鋪日厚的小黃燈，這卻教我糊塗了。我目不轉睛地站了好一會，眼睛疼痛，燈光雖然薄弱，卻已在我的視網膜上燒出了深深的藍影。我閉上雙目，嗡嗡之聲比灼人的燈火溫柔得多了。

　　蜂兒飛來幹麼？我躺到床上，並沒有想到要怎樣做，也不着急要把牠們趕走。到底，牠們比起那些又狡又毒、卻經不起一丁點兒氣流的蚊子，和那些飛跳不分、又髒又醜的蒼蠅高雅得多了。況且，我們從小就

知道蜜蜂是「忠」的，對人有益，蚊蠅卻「奸」得緊，應該見一個除一個。最重要的是，我的人生經驗總目大全中，有過許多「遭奸人所害」的檔案，卻從未記錄過蜂螫的傷痛。每一次野營，蚊噆盈百，想起來都癢，怎能與之共戴一天？至於與我爭食的惡蠅，更是可厭，總挑起使人掩鼻噁心的聯想——抽象者如病毒，具體者如茅廁，都是不可忍受的東西。而且，誰沒試過拿着缽仔糕，正往口裏送，就被媽媽橫手一掠，那點心彷彿田徑場上的鐵餅，旋即飛進廢物箱？正要放聲大哭，媽媽用兩個指頭拈着紙手巾說：「你看不見那東西給蒼蠅站過麼？」你登時覺得恐怖多於傷心，跟在媽媽背後，不敢吭聲。媽媽是有幾分殘忍，但一切都是那蒼蠅的錯！至於蜂兒……我只想起鮮花和蜂蜜……一鬆懈下來，竟在那半浮半沉的嗡嗡聲中睡着了。

第二天回家，捕影的癡蟲竟仍在那裏顛撲，而且再多了一雙！我告訴振榮，他也感到奇怪。我們把電燈點了又滅，亮了又熄，玩了一個晚上，蜂兒卻無動於中，依舊繞燈而旋。我們嘆了口氣，把夜交回黑暗，睡到天色大白。

一周後我把窗簾拆下，準備清洗，豈料嚇出了一身冷汗。在簾子上角的背後，竟是一個蜜瓜般大小的

蜂巢，像個燕子的窩，牢貼着白壁，半懸在我的床被之
上，多孔而褐黃，像穿爛了的蓮蓬、風化了的水石、皮
膚病人的蠟臉；上面進進出出，是許多小蟲兒……我
的天呀！甚麼益蟲，甚麼美蜜，此刻已侵犯到我的「頭
上」。我對之愛意全消，周身的毛孔緊束直豎，喉嚨失
控，像淑女看見蟑螂一樣，我尖叫起來，姿勢與表情卻
肯定比她們訓練有素的那種難看百倍。

　　我理性全失，奔向電話，撥完一〇八三，找到食
物環境衞生署的「救星」之後，就馬上離家出走。可恨
振榮正在上班，不能為此等「閒事」回來救我，我只得
站在樓下，心急如焚地等候那些殺蟲英雄。

　　他們來了，見了我狠狽的模樣，竟沒大笑，算是
相當敦厚了，當下還勸我收拾細軟，掀開床鋪，蓋好其
他東西，回娘家暫避。我膽戰心驚，一一照辦，弄好
了，然後張皇地站在屋子門前，準備看一場好戲。

　　果然，兩位大師作法了。他們關上所有窗子，架
上防毒面罩，取出一截曲嘴長形鐵管子，對準蜂巢，一
按手鈕，惡臭的化學毒藥飛噴而出，巢中的工蜂和幼蟲
滴滴答答紛紛墜地，扭曲掙扎，良久才死去。我目瞪
口呆，只覺得恐怖不可名狀：扭動的、半死的蜂兒，痙
攣的、乳白色的幼蟲散落在床邊，構成一幅我永遠忘不

掉的可怕圖畫。

「三天內別把窗子打開，讓外面的也死掉才行。」
大師們作法完畢，離去前説。我站在門口，竟説不出
一句謝謝。殺蟲組功德圓滿，已經造福人群；我亦已清
理門戶，理應安枕無憂——整個過程，不過兩分鐘，
然而我心中慌亂，像個兇手站在血漬裏，惴惴不安。

我們回到母親家裏度夜。日間，我回家取物，
家中空氣仍滿佈濃濃藥臭。由於不能開窗，更酷熱如
煎。我取過衣物，正要離去，只見窗外仍飛着數隻零
落的蜂兒，焦灼地尋找歸家的路。很快，他們也將死
去。隔着玻璃，我沒聽見那柔和的嗡嗡，只聽見鄰近
地盤吵耳欲聾的打樁聲。那邊又將多添一幢全新的多
層住宅樓宇，許多人的家將在那裏建成。這片土地
上，大自然裏的舊主人，如果在今日不幸懷想起故居，
回來看一看，當亦粉身碎骨，罪名是侵略。我感到喉
乾舌燥，快步退出房子，要馬上喝一口清涼的蜜汁檸檬
水，並向賣茶的人笑笑，説句謝謝，以證明我仍是善良
的，然後忘記這兩天的事。

小病

　　醫書説，感冒無藥可治，維生素能做的，不外緩兵之計，它要來就來，事前只會送你兩個不大不小的噴嚏，算是預告。來了以後，總得折騰你幾天，教你委頓焦灼，坐立不安。早上醒來，雙肩猶如受了內傷，打骨子裏痠疼出來。你挪挪身子，竟然碎了似的，只好不動。可是那個姿勢只維持了三數秒，它竟又麻麻軟軟，控訴你不該壓住它那些敏感的神經。你趕緊換個方向再躺下，糟了，那些無法捕捉的暗痛，已經沿着脖子爬到了頭顱，游走不定地繞過前額、眉心，最後散佈到耳背。

　　你吃力爬到電話旁邊，心內掙扎。雖然你知道自己真的病倒了，應該請假，但你不能完全擺脱罪咎的感覺，歸根究柢，你曉得有一些人是沒有患病資格的，你就是其中一個。一桌子的工夫瞪着眼等你，教室門前堆滿了不知所措的學生，秘書小姐有三份表格要你填寫

......

不過你還是拿起了話筒，可是不知怎的，一連撥
了三次，不是錯號就是佔線，難道真有天意？於是你渾
渾噩噩，還沒把牙膏漱淨就擠到地鐵車廂密不透風的人
堆裏，把病毒擴散開去……

小時候最愛病，不在話下。感冒了得到全人類的
疼愛，更不用上學。那些日子，媽媽會做些滑嫩的寬
麵條給我吃，它們配上我們廣東人最喜歡的「豉油熟
油」，堪稱天下第一美味。病在童年，不知生死，一切
的憂慮自有父母擔當，自己只須躺在牀上吃東西，收玩
具，當然是美事。當日唯一懼怕的，是媽媽要帶我到
五伯公處讓他診脈，再回家吃苦茶。五伯公是華南名
醫，望聞問切，一摸就知道你所受風寒是深是淺，說你
吃三回藥痊癒你就真的按時好了。可他的樣子像極了
一頭會說話、會咳嗽的山羊，小孩子看見了又是怕又是
想笑。但坐在他那個沒有窗子的陰暗小書房裏，一想
到那碗又黑又苦的東西，我就下決心以後不再生病了。

伯公去世後，母親仍保留他開下的所有方子，以
備不時之需。後來再看，原來他一直不大記得我們的
名字，只胡亂給我寫上胡青女、給弟弟寫上胡才仔就算
了。然而那種親切的稱呼，留在藥方上，竟讓人感到

心裏溫熱。物在人亡，我們走出了他那潮濕的古老房子，也走出了多病的童年。

長大以後最怕父母生病，父母病了，總喚起樹欲靜而風不息的恐懼。最教人心焦的，是爸媽都感性得緊。父親最固執，明明病倒了嘴裏不承認，讓人乾着急。他還堅決不肯看醫生，因為在他眼裏，醫生不是江湖郎中，就是吸血鬼，於是他寧可躺在床上等疾病自己消失；母親呢，也不見得比爸信任醫生，她老是見見這一個、問問那一個，然後找來一個同病相憐的朋友再給她多介紹一個。凡有任何醫生說她根本沒有甚麼大病，她就很生氣。大夫給她開了藥，她就試着吃一兩天，不見好，就換一個的藥來吃，如是者去去來來，我給她找來的醫生她都不滿意，做兒女的於是惶惶不可終日。

十八九歲的時候，甚麼都是美妙的，那萬惡的感冒竟也成了個浪漫的概念。在我為自己構思出來的愛情場面裏，就有許多是關於感冒的。比方說，某天你臥病在床，昏昏睡了，那人悄悄坐到你身邊，撥開你前額的頭髮，輕輕拉住你的手，等待你悠然醒轉，這景象豈不動人？況且，這種時候總有鮮花、果汁和毛茸茸的絨線娃娃相伴，直是色香味俱全，不愁寂寞。

可惜少女的夢都是棉花糖，好看好吃，卻入口即
化，瞬間了無蹤影。到你真正愛上了一個人，你怎捨
得讓他病？你甚至害怕自己病倒，那會教他擔心、操
勞。結婚以後，你更完全不能接受「他病了」這件事，
因為那會令人心神恍惚，日間乘錯車，夜裏失眠。你
寧願那病的人是自己，因為肉體的苦楚，總比心靈的煎
熬容易抵受。

有了孩子，疾病更是魔鬼般可怕。第一個孩子出
生才幾天，我們就疲累得要死。他明明睡得甜甜的，
我們也還要去弄弄他，看他是否還會動、還在呼吸，生
怕他一睡便不再醒來；他打嗝，我們就手忙腳亂，怕他
嗆壞了氣管；他大便了，我們就拿了尿布去給醫生看，
問他孩子是不是在拉肚子……到他真的發熱、流鼻涕
了，我們更像驚弓之鳥，一天到晚盯牢他的小臉，好像
他一下子就會消失似的，手上的濕毛巾、奶瓶都給緊張
的雙手握暖了，我們還是不敢放下，他一哭就餵他、哄
他，給他抹去身上給藥物發散出來的汗水。總之你必
徹夜難眠，直到他痊癒。那時候，也該輪到你自己病
了。養子方知父母恩，此話不假。

小病是福？是福。它不會帶走你所愛的人，卻能
告訴你：你最重視誰、關心誰。它讓你走過恐懼，認

識到你所擁有的一切並不是必然存在的。你牽心、掛
念，抵受失去的威脅，然後才感知生命的賜予，像慣於
飢寒的人，最懂得珍惜溫飽，並且知道溫飽是需要去爭
取的。

鈴聲

從小到大，我們都活在鈴聲之中。

小時候，我們聽得見的鐘聲鈴聲都很單調，幾乎總是長長的一串、沒有變化的電鐘——清楚響亮，緊張而喧囂，尖刻卻呆滯，舉凡鬧鐘響、電話叫，小息之後藉以鎮壓大吵大鬧的孩子，火警瞬間用來喚醒睡得香甜的居民，甚至啟碇開車，放映散場……這些鈴聲，無不如廣東人所說的「聲大夾惡」，絕不留下耽誤的空間、轉圜的餘地。

這樣的鈴聲把我從小學領到大學。一九八五年秋天，再領我來到我工作的浸會學院——今天的浸會大學。那時候，浸大仍會「打鐘」，鈴聲就是這長長的凜冽的一串，和我小學、中學時代的鈴聲一模一樣。老師們坐在教員休息室吃個小小的蛋撻，就拿起教材往教室走。老師進入教室時，年輕人都已經坐好了。不知何時開始，鈴聲沒有了，八時十分的課，進化（或退

119

化）變成令學生咬牙切齒的「八半堂」。

　　大學的鈴聲消失了，中小學的上課鈴和下課鐘，則變成了柔和悅耳的敲擊樂，像越來越少的雪糕車在馬路邊呼喚孩子，像此情不再的天星碼頭每十五分鐘向行人說話，像傳統遊樂場裏的旋轉木馬在模擬人生，像幽遠文雅的「古代」低下頭來與粗鄙直接的「今日」交談。茶樓裏的婉轉鳴鐘把陳先生領到三號線，領證處的重複音樂把李小姐送到四號窗，睡床邊鬧鐘的金屬小曲不厭其煩地把張同學推到更深的夢裏去。惟獨遇上大火或困在升降機的時候，我們的老舊鈴聲依舊冷冷冷地大叫，希望帶來一些焦急反應：「啊，甚麼事？」將醒未醒的人總還能夠平靜地回應：「會有甚麼事？又誤鳴了。」

　　鈴聲變化最大者，莫如電話的叫喚。余光中在〈催魂鈴〉說電話線「天網恢恢」，其靜止也，登堂入室；其行動也，咄咄逼人；其鳴音也，則「格凜凜」且「不絕於耳」，使人聞之而急於逃跑。張愛玲筆下的電話鈴聲，基本上是同一種響聲，卻叫人心酸：「隔壁人家的電話鈴遠遠地在響，寂靜中，就像在耳邊：『噶兒鈴……鈴！……噶兒鈴……鈴！』一遍又一遍，不知怎麼老是沒人接。就像有千言萬語要說說不出，焦急、懇求、迫切的戲劇。」處於大城市擁擠的文明裏，光中先

生嚮往的是安靜與舒徐，愛玲小姐追求的是體貼的知音。開發電話新鈴響的人，不知是否因為聽見光中先生喜歡蟋蟀，電話的金屬高頻一度變成了電子蛐蛐兒在唱歌，不知是否因為曉得愛玲小姐的寂寞，電子蛐蛐兒又變成各種可愛的小調；如果千篇幾律的品牌小調聽厭了，又可以隨心所欲地變成「嫲嫲，B仔搵你呀，聽電話啦！」或「好開心呀，我考到車牌啦」等等私人語音。一次在教會參加星期日崇拜，會眾中就有人聲大叫：「喂喂，聽電話啦！」一連叫了好多次，越叫越大聲。

有點聲音還好，有些電話只會打激靈，不會叫。是以恐怖片的橋段不停發生。你站在車廂裏，本來與身邊的幾十人一樣，平平安安，歡歡喜喜。突然右邊的美女尖聲大罵：「終於call我啦咩？死咗去邊呀？」免提耳機掛在那張不知是歡喜還是生氣的臉蛋旁邊，連接着那邊的整個聽覺世界；你在這邊，竟也同時給罵了。

在鈴聲只有一種的時代，我們總能以處境辨別鈴聲的感情。現在，氣若游絲的人做歌星，口齒不清的人做司儀，用右手胡亂捏住筷子的人主持飲食節目，書法污染眼睛的人做作家不停地簽名。鈴聲當然也「大條道理」地混亂不堪。一切的人和事情上，似乎都失去了依據。

蘭姐

　　我教學的書院裏，洗手間分兩種。第一種專供教職員使用，它們比較清潔，用的人不多；洗手盆上的鏡子連住玻璃架，讓人擺放鎖匙之類的小物件。鏡子一旁，是一個貼牆的長盒子，盛滿了抹手紙，洗完手，隨手一拉就有。最重要的是，那兒永遠不缺衛生紙，一卷用完了，馬上有人給你換上新的。換句話説，你上廁所之前，甚麼都不必帶備。不過，這些廁所「門雖設而常關」，對於那些打它門口經過的大多數學生來説，裏面的天地神秘得很，只有拿着鎖匙的教書先生，才可以隨便進出。至於另一類清潔間，就平民化多了，那是給同學用的。這些洗手間有門，卻從不關上，裏面天地廣闊，許多洗手盆列着隊、坦率地與廁所間格相對而立，中間足有六七尺空間。一下課，同學們都站到這裏，趁着輪候的時間談功課、論老師，聊個沒完。如果想瞭解瞭解他們，在教室裏做問卷調查是一個辦

法,但遠遠不如走到這兒站一站、洗洗手。然而許多
拿着鑰匙的人,寧可等電梯,或多走一段路,都選擇前
一類廁所。要找原因,隨便就是幾個。最重要的是,
這些學生廁所從來找不到衛生紙,赤裸裸的紙筒穿在一
根鐵線上,等待給除下來扔掉。這兒當然也沒有抹手
紙、放物架,卻充滿不悅心目的其他內容:一個大圓
桶,放垃圾的;一輛木頭車,搬重用的;一枝掃帚,一
個鑲了長柄的金屬垃圾鏟,一間小小的儲物室,兩個紅
色塑膠水桶,一條水喉,遍地水漬……。

　　我就是在這裏認識蘭姐的。這一年我們的辦公室
給搬了上四樓,這一層沒設教職員廁所,但校方還是
給我們每人配了一條鎖匙,讓我們使用遠在地下的「高
級」洗手間。起初我因為怕麻煩,不願上上下下的走樓
梯,廁所也少上了;偶爾走進學生那邊,心裏總帶着幾
分屈就之感。

　　這一天進去時,手裏早捏着一張私備抹手紙。
有人在背後道了句早。我抬頭,剛好迎上了鏡裏的影
像:微笑着的蘭姐正望着鏡子前的我問道:「這麼早
啊,有八點的課麼?」我回頭過去,鏡中虛幻忽成真
實:蘭姐正彎着腰,用膠桶儲水。我突然被這簡單的
動作觸動了。再次回望牆上的清鏡,冷玻璃後兩人的

舉手投足，竟已平扁成了圖畫。身旁水聲淙淙，衣袖互相擦響，鞋履「雪雪」磨過磚地，我這才感到鏡子裏外，世界着實有點不同。我們就這樣聊起來了。

蘭姐總是笑着的，好像這世界根本沒有甚麼事值得我們大聲抱怨。有時同學缺了早課，解釋説八點太早，他們住得遠，起不了床。我臉上扮着不滿，心裏卻應和不已，猶如早起是一件不義的事。認識蘭姐以後，這種心情起了變化。蘭姐永遠比我早。寒冷的冬日早晨，我走進洗手間洗杯子，一面向她説：「好冷啊，這麼早就得起床，真殘忍。」蘭姐笑而不答，從水桶撈起一條抹布，凍紅的手擰去了水，才慢慢道：「吃了早點沒有？吃了會暖和一點。」那天我才知道，住在新界的蘭姐是七點半開始工作的。為了省一點錢，她大多坐路面公車，不乘地鐵。我問：「七點半要回來，不是六點多就得出門了嗎？」蘭姐説是，接着向我詳細描述她早上上班的方法，包括出門前為家人打點甚麼，何時出門，如何換車。我聽了很驚訝，多複雜的旅程啊！「真麻煩啊！」我不禁叫道。「不麻煩，很方便嘛。」她更驚訝地看着我，對我的想法似乎感到相當意外，使我的同情忽然成了突兀的笑話。這時我注意到，中年的蘭姐有一雙孩子一樣的眼睛，笑起來彎彎的像弦月，

依然飽溢未隨年月流失的天真。我忽然開始明白她是怎樣去享受自己的工作的：給空了的水瓶儲滿剛燒好的開水，給廢紙簍換上一個白色的墊袋，用抹布讓一張桌子的玻璃再度澄明。早晨的美，原來是可以用一雙手、一種心情去成就的。

我進進出出蘭姐的天地，已有好一段日子了，不設門鎖的洗手間裏，我開始知道蘭姐把自己的衣服掛在哪個地方，把掃帚放在哪一個角落，紅桶裏的水儲了作甚麼用。我甚至認識到，這些看似微不足道的東西，其實正在緊守着某些特定的崗位，並引以為榮。這一天我回到辦公室，和秘書閒聊時，發現了她案頭那一盆綑白菜。「真好，」我欣喜地說：「你又再種了一株？」早些時，我們合種的那株枯萎了，給扔到字紙簍去。「不！」婉菁說，「就是原來那一株，」她笑道：「我們扔掉的那一株。蘭姐撿起來又給我們養活了。」「真的？」我詫異不已，想起數月前自己滿不在乎的那個丟棄手勢，不禁羞慚。下了課，我到洗手間找蘭姐。她正自廢物箱拾起一束不再新鮮的「鮮花」，揀出一些插在洗得澄淨、盛滿了水的鮮奶瓶子裏。那唯一的紅玫瑰已開始衰謝，半垂着頭，稀疏的滿天星也逐漸發黃了，然而以恭敬的雙手捧着它們的蘭姐，此刻穿着中國出口的

橫帶黑布鞋，綁着灰色的半腰圍裙，竟美麗得像一個剛剛長成的少女。

　　往後我打長廊走過，每經過學生廁所，都往裏看看。蘭姐許多時到外面工作去了：也許正為教學中心搬運器材，也許正替一個不慎摔破了瓶的同事打掃碎瓷。洗手間空空的，大門依舊開敞，但此中我切實感到了蘭姐的溫柔和快樂。我爽快地走了進去。手髒了，這裏面有涼快的清水。

後話：文中所記，是一九八八年的事。這十多年來學院添了許多建築，成了大學，廁所也「先進」、「平等」多了。可親愛的蘭姐還是那麼笑意盈盈的，忠誠地仍守着自己的份位，跟我們一起度過善變的歲月，直至退休。

江　清　月　近　人

理趣

做不做由你

　　運動對身體有益，不必贅說，我倒想談談運動對個人心靈和品格的益處。

　　真正愛運動的人，未必沒有工作壓力，但面向壓力，他卻比不做運動的人更應付裕如。他能把工作看作一次鍛煉或一場比賽。因為訓練有素，他面向困難的心情是「應戰」，而非「應付」。他認識成功的喜悅，因為那讓他發揮所長；他明白失敗只是過程，而非定局。他卑視僥倖、尊敬實力；他看重情節，也能正視優勝劣敗的局面；他強調公平，表彰青春的美和力量，厭惡懶惰的醜態和軟弱；他盡力實踐生命的動，以經歷心靈的靜。

　　缺少運動的人，多走幾步就喘氣。今天許多人在自動電梯塞得滿滿的時候，寧可堆在人群中苦等，也不肯開步走樓梯。二十出頭的女孩子，天天嚷着節食，卻從不往訪體育中心——夏天怕曬，冬天怕冷，春天

怕濕，秋天怕煩。結果一身名牌運動衣，一雙名貴運
動鞋包裹着的，只是個怕胖怕勞臉色蒼白的小老太婆。
這種「老」的心情一旦蔓延開來，就成了學業和事業上
的困惑和困境。於是教室之內，一年級的女孩子虛弱
得必須用口紅代替血色，三年級的男孩子憔悴得像個久
病初癒的人。

但只要肯在清晨往山上走走，你必發現許多截然
不同的人：老年的、中年的、童稚的、懷着孩子的。
這些一臉光采的「晨運客」，常常只穿着廉價的帆布鞋
和一些極為普通的棉布衣褲；他們心情開朗、充滿朝
氣，懂得與人相處溝通，從不抱怨工作或考試剝奪他們
鍛煉的權利，而且，他們得享露光和鳥聲，還有最單純
的友情。

要做哪一種人，是意志的選擇。客觀條件的阻
力，不足以妨礙有志做運動的人。

樂在其外還是樂在其中

　　有的學生用功讀書是為了取悅他人。小時候，父母、師長是最明顯的取悅對象。成績好，父母會稱讚、老師會獎勵。可是年歲漸長，父母關注日少，師長的表達也不那麼誇張了，這些孩子的學習動力就會相應變得貧弱。有時為了維持表現水平，不免要強迫自己，造成不必要的壓力。

　　有人讀書是因為缺乏安全感，覺得自己比不上他人，於是努力超越對手，以證明自己的才華和學力。這一類學生從來不會讓別人看自己的功課，不肯開放自己與同伴交流切磋。因為他們長期奉行封閉的「學業保護主義」，結果只有更落後、更自卑。老師同學都不大喜歡這些同學，於是他們更無法自制地發展出滿腔懷才不遇的孤寂苦毒，日子過得很不愉快。

　　最可愛的是對學問真正投入、熱情的孩子。他們喜歡思考和創作，每次做功課、讀書、找資料、寫作

時都能夠自工作的過程中得到巨大的滿足。他們視測驗、考試為審核個人實力的機會，視老師為同道前輩，視志同道合的同窗為知己，視學校為樂園，視進步為最大樂趣。《EQ》一書中談到的「神馳」感覺，就是這一類學生讀書時常有的經驗。他們的表現也是最好的。

　　讀書樂，樂在甚麼地方？這是須要仔細思考的。

苦海無邊話遲到

　　遲到是壞習慣，人所共知。但壞到甚麼程度呢，我們卻少有考究。對許多人來說，遲到一點點無傷大雅。比約定的時間晚來十五分鐘根本不算是遲到，這等於說，先到的人連投訴的權利都沒有。

　　遲到的人會把屬於自己的時間盡量延長，把應該留給對方的光陰減至最少，為了利己而損人。可是，在這個剝削他人的過程中，你自己也不見得會怎樣好過。比如說，你約了新朋友在某個地鐵站的銀行前見面。你預計車程大概四十分鐘，因為你很有經驗了。可不知怎的，你老是出不了門，不是要聽電話，就是要再刷刷皮鞋。終於走出電梯的時候，你已經只剩下二十五分鐘了。可恨那公車渺無蹤影，只好跟路旁帶着小孩的太太搶計程車。搶到了，在她怒目的瞪視下鑽進車廂，正在痛惜錢包面臨的龐大耗損，司機卻忽然口吐粗言，原來前面又是一次史無前例的大塞車！你

説，這種生活痛苦不痛苦？最後，朋友從地鐵站的銀行走了，你在他心裏剛開的感情戶口也隨之取消了，只剩下滿腔的焦慮、急躁、內疚和後悔，繼續鞏固你不守信約的壞名聲。

你可能會説，沒那麼嚴重吧？怎麼沒有？習慣在最後一分鐘才行動的人，都不免患上神經衰弱症。我們的最兇敵人叫做「死線」。離開他愈遠，事情愈順利；跟他愈接近，壓力愈大。遲到、遲交功課、遲遲不做該做的事，就等於主動纏上他，自尋死路。

要享受人生，先要學習從容自得，要從容，絕對不能讓自己陷入趕路的困境。因此，寧做佇立風中的讀書人，或當地鐵銀行的臨時看更，也不要做那胃痛頭痛冒冷汗且必須不停道歉的可憐蟲啊！

不再遲到

　　多年來我用種種方法告誡自己勿再讓人家苦候，但每次依例打躬作揖賠不是。對方總是笑說不打緊，勸我安心。我看着對方那種安詳寬大而溫暖的笑容，又瞄瞄自己的狼狽相，就打從心底裏湧出強烈的羨慕。我羨慕他的私人天地波平如鏡、有條不紊，而我則奔波勞碌、心亂如麻；我羨慕他能享用生命，而我則在應付生活；我羨慕他心無歉疚、坦蕩舒暢，我卻感到殘缺不全、疲於掩飾……

　　我開始明白，習慣遲到的人，其實活在一種咒詛之中。言重了？──絕不。長年累月讓遲到陋習綑綁着的人，無法「選擇」守時。這就是說，不是他不想守時，而是他做不到。明顯地，他已失去了自由：失去了選擇守時的自由。

　　這話說來抽象，但自由和綑綁卻是可以具體經歷的。比方說，如果今早我提前十五分鐘出門，我就不

134

必在公車站上眉頭緊鎖、引頸張望，我也不必擠在地
鐵的人群中拼命看手錶，我更不必在等了三十秒電梯
之後、就急得一面咒罵那遲來的機器一面徒步跑上八
樓。只不過付上十五分鐘的「訂金」，我就自由了，釋
放了。我可以在車站欣賞一群學童調皮的笑臉，我可
以在地鐵車廂裏閱讀一本有趣的傳記，我可以靜靜安坐
教室之中，先找出需用的筆記，在上面畫一朵小花，我
可以向遲到的人笑一笑，傳遞平實自由的喜悅。說不
定我先前付出了的十五分鐘，如今在安靜中找回來了，
成了一份意料之外的禮物。

　　因守時而得到的禮物，又何止一種呢？自信由內
而生，尊重由外而來，心境愉快而平靜，一切都在掌握
之中，那感覺實在美好。只要不遲到，這些都唾手可
得。

招潮蟹的啟示

　　今天是第二次到濕地公園了。上一次來，是幾年前一個冬天，那時公園剛開放，天氣較涼快，但除了鳥兒，可看的東西不多，只見一群又一群穿着運動服的初中生，一邊笑鬧一邊參觀，公園找來義工給他們解說濕地生態。不過，孩子們似乎都沒有興趣聽，只是你打我、我罵你的，拍頭推背，完全沉醉在郊遊的歡樂中。過小木橋的時候，突然嘩啦一聲，一個高大的胖子掉進水裏去了。老師同學猛然回頭，看見他的狼狽相，笑得彎了腰。笑歸笑，站在淺水中的男孩站起來時，冷得打哆嗦。

　　那一天，我們一點都不快樂。那時母親剛離開不久，我們為了陪爸爸，挑了這一片濕地來散心。數年後的今天重訪故地，陽光明媚多了。春末夏初，藍天白雲，遊人用普通話、上海話、福建話和種種方言高聲交談，用粵語的本港市民反屬少數。外人多了，卻教

我這香港市民感到驕傲。

過了幾年，樹木長大了，水生植物茂盛了，紅樹林區露出的濕泥上，滿佈彈塗魚和招潮蟹。負責介紹濕地生物的環保義工叔叔教我們分辨招潮蟹的性別。他說，長着一隻大鉗子和一隻小鉗子的是雄性，兩隻鉗子都小的是雌性。大鉗子用來顯示實力，如果兩位勇士看起來不相伯仲，就用大鉗子來戰鬥；自然界裏，勝者為王，這個大鉗子看來很有用。可是，它若折斷了，招潮蟹還可以生存，反倒是小鉗子一定不能失去，否則這小子必死無疑。──為甚麼呢？

義工叔叔要站在那兒聽得津津有味的遊人都來猜一猜。大家七嘴八舌嘗試一番，沒有人猜中。叔叔笑了，說：「那是因為大鉗子只能用來打架搶女孩，可是，小鉗子是用來吃飯的。招潮蟹找到食物，小鉗子就會把它鉗住，輕輕放進嘴裏。大鉗子太大，鉗尖伸得太長，細緻的工作做不來，鉗住了吃的還是吃不進去，招潮蟹就餓死了。」叔叔又說，看來我們得向女性學習，能屈能伸，不那麼英雄主義，才不致餓死。大家聽了都笑起來。

這當然不單是男性和女性的故事，也是夫差和勾踐的故事，掃羅和大衛的故事。記得小時候和妹妹吵

架，母親走來對我說：「你『大條道理』又如何？妹妹安安靜靜的就贏盡民心。」看來勝負是個非常複雜的現象，千變萬化，真假難分。以勇力分高下實在危險。

聽說天堂和地獄的分別不大。天堂和地獄裏的人都拿着比手臂更長的調羹，並且只許拿着調羹長柄的末端。地獄裏的人舀了食物，只顧着留給自己，結果一直吃不到東西。天堂裏的人則互相餵食，結果人人大快朵頤，飽足度日。不幸只剩長臂的招潮蟹，得到的到底是咒詛還是祝福？那就要看牠用來打架還是餵飼對手了。

活在世上，大小仇人總是有的——不慎踩你一腳的有，堅持踩你一生的也有。假設我們都只有招潮蟹的大鉗子，到底用它來剪斷這千絲萬縷無始無終的仇恨、餵飼對方，還是餓着肚子堅持攻擊復仇？以我天生的劣根性做選擇的話，我必選後者。但是，招潮蟹提醒了我。看到雌蟹退在一旁，細細享受嘴裏的食物，我量秤着開懷大嚼的喜樂和打架的痛苦，不覺已經滿嘴都是口水了。

就在濕地公園的出口的餐廳裏，我吃了滿滿一大杯雪糕紅豆冰。

鄰舍

　　香港人很少和鄰舍交往。在升降機裏碰上鄰人，至多點頭示意，或道句早，談不上感情，更說不上愛。《聖經》裏「愛鄰舍」的要求，似乎有點過分。

　　但是，只要這些人裏面有一個幼童，大家就有話題了。抱住孩子的母親會說：「叫叔叔啊！」「姐姐上班嗎？」而你聽了，也必回應：「是啊，小妹妹開始上學沒有？」

　　我想說，香港人並不真的很冷漠——在這個擁擠的城市裏，我們的沉默，很多時其實是為了保存對方的空間，表達自己的退讓。這是禮貌，也許更是需要。原來垂頭不語、視而不見的背後，是一番好意。看透了這一點，我們就不怕發出第一個微笑了。

　　鄰舍，顧名思義，就是同屋而居或住在附近的人。擴而充之，鄰舍就是鄉里、同胞，甚至人類、大自然、外星人（如有）。《聖經》教導我們愛鄰舍，並不

是沒有具體指引的。愛的方法，就是愛人如愛己。

愛自己，我們就會想盡辦法讓自己健康、愉快、成長（這些都是人的權利）。愛他人，同樣就是竭盡所能使對方健康、愉快和成長（此乃人的義務）。因此，我們會在停車的時候把引擎撞熄，會節約用水（反對大學迎新時打水戰！），好讓別人也能享受健康；我們不吐痰、不插隊，不行騙、不在公共場所高聲吵鬧，不發動戰爭，不做乖離公義、令人生氣的事，讓別人也能享受公平公義，愉快地度日；我們興辦教育，建設文化，讓別人也能在道德意志、思想深度上成長。這就是愛了。

愛的實踐，是通過接受愛和自愛的經驗來成就的。如果從來沒有經過愛自己的階段，或感受過外來的愛的觸摸，我們就無法愛親人、愛鄰舍了。中國人說：「老吾老以及人之老，幼吾幼以及人之幼」，原來要去愛，先要喚醒同理之心，推己而及人；這是經驗之談，與《聖經》的「愛人如己」不謀而合，更是巨大的智慧。

幽默和刻薄

　　我常常想，幽默和刻薄到底有何分別？為甚麼兩者帶給我的感受那麼不同？幸好我身邊兩種人都有，讓我看出一點點端倪。

　　刻薄的人，總想引人發笑，笑的是他人的愚昧，以顯出他的聰明。幽默的人，也喜歡引人發笑，笑的是世界的糊塗可愛，因為他欣賞這種趣味，想與人分享。

　　刻薄的人，對世界充滿仇恨，覺得自己永遠是對的，說話刺中他人要害的時候，心裏充滿報復的快感；幽默的人，覺得世界充滿享受點，知道自己也有不對的時候，說話擊中要害（他人或自己）之際，彼此依然和睦，大家笑完了更開心，也更長進。

　　刻薄的人，與被嘲笑者劃清界線，因為後者是笨蛋、壞蛋，自己則是清醒的好人；幽默的人，與被取笑者同一陣線。他知道自己和別人都有糊塗惹笑和無能

為力的時候。

刻薄者多言，針針見血，他人的血，是他繼續刻薄的汽油，他喝了會上癮。幽默者也多言，但點到即止，止住血淚，才騰得出歡樂和省思的空間。

刻薄的人討厭小貓小狗小朋友，會用很多難聽的形容詞來發洩對他們的厭惡。幽默的人喜歡小樹小花小孩子，會用對人說話的方法來表達對他們的喜愛，甚至把小動物看作人。

刻薄者要有極大的學養，才可以刻薄得有力度，刻薄得有趣，刻薄得到點，刻薄得叫人過目不忘——如錢鍾書。幽默者不必很有學問，平常人也，隨時在你身邊化解怨氣，貢獻在感情，不在學問。

刻薄者少，但很容易成為焦點，因為他們呼應人心裏的恨，而且他的刻薄話一說完，讀者聽眾馬上覺得自己進步了、變得「更」聰明了，於是埋其堆，引其話，粉絲一大把。幽默者多少不知，因為他們比較隱藏，且容易與群體融合，難以突出自己，但他有很多真心朋友。刻薄者或能稱為智者，幽默者或能成為仁者，但最後還要看其智慧和深度。

刻薄者自義，幽默者自信。刻薄，有市場，會是第一流博客；幽默，有朋友，會是第一流伴侶。

刻薄者講話，全場笑；幽默者演説，同樣，全場笑。笑完散場，刻薄者孤獨回家，其粉絲拿着他簽了名的著作，一陣興奮之後，也孤獨回家。這時，幽默者正和朋友嘻嘻哈哈去飲茶。

附錄

茶杯裏的二三事
——與胡燕青老師談中小學生寫作

林惠娟

談及寫作，最令同學苦惱的一定離不開兩個問題——那就是：寫甚麼？如何寫？同學是不是經常苦喊「沒有靈感啊，不知寫甚麼才好！」呢？

寫作不靠靈感——靠聯想力

大家都希望自己靈感滿滿——就像在滿佈關卡的寫作路上得到一條萬用匙，通行無阻。可惜，萬用匙並不容易得到。不過，胡老師提醒同學摸摸書桌上的萬字夾，她說：「**出色的寫作人讀過很多文章，便能掌握不少技法。即使他們手執的是一枚萬字夾，都可以左鑽右旋，『咔嚓』一聲，開啟一個又一個鎖——寫出一篇又一篇文章。**」由此可見，同學與其被動地等待乍現的靈感，不如從縱向、橫向出發，翩翩聯想。而聯想力是使意念如根蔓開展、枝葉扶疏的能力。例如〈鈴聲〉的構想，從日常耳聞的電鈴、鬧鐘

聲、火警鐘，聯想到日漸消失的大學鐘樓響鈴和茶樓的鳴鐘，還有余光中和張愛玲對電話鈴聲的愛與恨，最終帶出鈴聲之於時代的意義。如果同學將來遇到寫作題目，苦無頭緒，不妨運用聯想力，將各種事物組織起來，也可以寫出一篇內容豐富的文章！

勤加練筆──萬「物」不可錯過

　　胡老師憶記當年為報章專欄撰文，那是一個好機會讓她觀察生活，對日常看似平凡的事物作更細緻的觀察和深刻的思考。適逢農曆新年，一室春氣，便寫下〈揮春〉、〈年花〉等文章，例如由「揮春」反思人的欲望與生命素質。環顧房舍，便有了〈襪子〉、〈繩子〉、〈杯子〉等文，其中〈繩子〉一文就是從繩子聯想到人際關係連結或約束。這些生活氣息濃厚的散文，都收錄在本書「相看兩不厭──詠物」一章。胡老師勉勵同學：「寫作跟繪畫都是一樣，我們平日都要多寫、多畫、多練筆，這才會得心應手。」下筆前都要構思圖畫佈局與文章的組織。而取材同樣是隨機，見物可摹，隨事即寫。同學不妨也多加觀察，寫出屬於自己的文章。

以小見大——事事關心

除了要觀察身邊的物件外，胡老師又提醒同學可以從生活中的事情取材，書寫文章。她提到〈鄰舍〉正是寫平日乘搭升降機時的觀察。當遇上鄰人垂頭不語、視而不見時，一般人都會解讀成世態炎涼、人情冷暖。然而，胡老師善良地猜想這些舉動，原是一份好意，「我們的沉默，很多時其實為了保存對方的空間，表達自己的退讓。」胡老師藉着文章提醒我們推己及人、愛人的重要。她續說：「若升降機裏來了個嬰孩，有人或會不自覺向他擠弄鬼臉，逗他樂。咯咯一笑，大家都跟着開懷。」大家本來都是熱情的。日常生活的小片段能引起我們的感受和聯想，若同學能抓緊這些「小事」，加以發揮，也可以寫出獨特的感受。

張開感官——寫出生活質感

至於如何寫？胡老師告訴同學：「生活中自有豐富的場景值得同學書寫，同學不要想當然地用從電影電視漫畫中借來的場景寫作。例如同學喜歡以漫天雪花作背景，以為這樣就能營造浪漫氣氛，卻不知如此一來必失真無味。」所謂借來的場景寫作，即是挪用了自己生活以外的場景，寫一些不熟悉的事物。

相信許多老師都深有同感，認同胡老師的話。事實上，只要同學張開感官，用心觀察那些習以為常的場景——定睛看，張耳聽，抽鼻聞，開口嘗，伸手摸，也能細緻地描寫，呈現眼前的所見所感。胡老師接着說：「我請大學創作課學生到茶餐廳觀察。他們不但能看到桌面上抹不走的油脂凝結成的小水珠，而且能嗅出抹布殘留的霉味，更能細聽地板與鞋底黏黏的吱吱聲響。」同學的文章如有這樣細緻而豐富的感官描寫，便能寫出有質感的文章。

心有所思——「深」思思

胡老師又說：「如果文章只是鋪陳日常生活，就好比烘焙麵包時，僅將雞蛋、麵粉等材料倒在烤盤而不加處理。事實上，將麵團搓揉和發酵的過程，就是寫作者的深層思考，也是成就好文章的關鍵所在。」胡老師分享一次因膝蓋痛而不便行走的經歷，「那時，我在街上慢慢走，注意到從前不大注意的：一個又一個老人吃力走路的身影顯得特別清楚——原來有那麼多呢！他們像一盞一盞燈亮起，使我產生同病相憐的感覺。我這才發現和自己一樣拄着拐杖的人其實很多，原來我只是眾多患腿痛的人之中

的一個。這讓我更懂得易地而處，換位思考，看見他人的需要。」於是寫下〈入伍〉一文（收錄於《面對面的離情》）。許多大道理不是憑空杜撰的，而是蘊藏在日常生活中，如熹微日光，微小但真實，等待同學發現。

胡老師補充說：「曾經看過一篇科普文章，提到人對痛楚十分敏感，但很容易忽略一些微小的知覺。就像我們早上穿上襪子時，頗為舒快；但日間不會記得自己的腳在襪子裏。如果提提你，你會記得的。直至再脫下襪子時，腳又涼快了，我們才記得襪子一直穿在腳上，而且把腳悶着。寫〈襪子〉一文，是要自己觸摸平時不會注意的感覺。」〈襪子〉讓我們反思現代的人際關係，不也是因為太適應了，於是追求新鮮感覺、貪新忘舊嗎？可見，同學也應練習對生活的細微觀察。

情有所感──道是無「情」還有「情」

文字除了是用來記錄思想之外，也是表達感情的載體。《杯子與茶包》收錄了不少情感細膩、思想正面的文章，流露出對父母、家人、師長和朋友的愛與感激，例如「潤物細無聲──師恩」一輯就是。胡老師

回憶道：「當時何紫先生邀請我為《陽光之家》專欄撰文，那是一份面向家庭、教師與學生的報刊。昔日良師的身影一一浮現腦海，我便默默寫下老師姓名，決定要用文字表達對老師的謝意，於是把對他們的記憶寫成了文章，後來更集結成《我的老師》一書。」胡老師又提到師恩偉大：「〈長洲女校〉寫我的長洲歲月。許多老師為了讓鄉村兒童接受更好的教育，而不惜遠赴離島工作，他們放棄城市生活，來到長洲女校授課。他們都是很有學養的老師，說得一口流利英語。」除了師恩難忘，同學也可將朋友間悠長的情義、父子間深厚情思化成綿言絮語，記成文章。

　　閱讀《杯子與茶包》，同學不難發現胡老師的文章都是取材於生活──無物不可寫，萬事皆能記。生活為我們提供養分，滋養我們思考。好的文章能將觀察到的生活寫出來，引發讀者共鳴。而讀胡老師的文章，我們知道她經歷過家人分離、年少貧困、幾近輟學的艱苦歲月，但為甚麼她能哀而不傷，怨而不怒，用溫柔的筆書寫過去？篤信基督的胡老師笑了笑，「如果從正面看，一切都是上帝的恩典；相反，如果同學抱着負面的心態看事，那麼一切經歷都可以被解讀成

『童年陰影』。」那麼看來，事情孰好孰壞，全在乎同學的心態。胡老師的文章多寫美善之事，除了提醒我們要有感恩之心，還告訴同學可以藉着文字，紓解情感，也和他人分享。

2023 年 3 月
於美孚歡樂食堂

各篇出處

輯名	篇名	出處
相看兩不厭 ——詠物	揮春	《小板凳》
	年花	《小板凳》
	襪子	《小板凳》
	繩子	《小板凳》
	杯子	《小板凳》
	晾衣竹（附詩）	《嘆息的速度》 （詩：《攀緣之歌》）
	茶包（附詩）	《嘆息的速度》 （詩：《攀緣之歌》）
	讀衣（附詩）	《嘆息的速度》 （詩：《攀緣之歌》）
潤物細無聲 ——師恩	世上無難事 —— 方老師的神話	《我的老師》
	夜愈深時燈更亮 —— 博文老師的榜樣	《我的老師》
	「爸爸」帶我上餐館 —— 記國堅老師（三）	《我的老師》
	比考第一更重要的事 —— 倩儀老師的三個問題	《我的老師》
	銀雪下的春天 —— 洪老師溫暖的心	《我的老師》
	我喜歡的生物課 —— 愛讀新詩的鄒老師	《我的老師》
行到水窮處 ——成長	長洲女校	《我在乎天長地久》
	念天地之悠悠	《我在乎天長地久》
	這一盆清水	《這一盆清水》
	小板凳上	《小板凳》
	同學	《嘆息的速度》
	獨處	《嘆息的速度》
	情懷	《嘆息的速度》
	鉛筆	《心頁開啟》
	冤枉路	《蝦子香》

眾鳥欣有托 ——家庭	讀中文，是因為母親	《長椅的兩頭》
	春江水暖鴨先知	《更暖的地方》
	餘溫	《心頁開啟》
	雋雋來了——二則	《心頁開啟》
	城市孩童	《嘆息的速度》
	皺眉與笑靨之間—— 從沒想過生活會是這樣的	《心頁開啟》
散學歸來早 ——生活	拒絕孤單	《嘆息的速度》
	赤足情	《嘆息的速度》
	殺蜂記	《心頁開啟》
	小病	《心頁開啟》
	鈴聲	《蝦子香》
	蘭姐	《更暖的地方》
江清月近人 ——理趣	做不做由你	《嘆息的速度》
	樂在其外還是樂在其中	《嘆息的速度》
	苦海無邊話遲到	《嘆息的速度》
	不再遲到	《嘆息的速度》
	招潮蟹的啟示	《這一盆清水》
	鄰舍	《蝦子香》
	幽默和刻薄	《蝦子香》

責任編輯：羅國洪

封面設計：洪清淇

杯子與茶包——胡燕青散文選

作　　者：胡燕青

編　　者：鮑國鴻　　林惠娟

出　　版：匯智出版有限公司

　　　　　香港九龍尖沙咀赫德道2A首邦行8樓803室

　　　　　電話：2390 0605　　傳真：2142 3161

　　　　　網址：http://www.ip.com.hk

發　　行：聯合新零售（香港）有限公司

　　　　　香港新界荃灣德士古道 220-248 號荃灣工業中心 16 樓

　　　　　電話：2150 2100　　傳真：2407 3062

印　　刷：陽光（彩美）印刷有限公司

版　　次：2023 年 5 月初版

　　　　　2023 年 7 月第二版

　　　　　2023 年 9 月第三版

　　　　　2024 年 7 月第四版

國際書號：978-988-76911-3-6